KÜSS MICH
BEVOR DU GEHST

Roman

Katja Fiona Graf

KÜSS MICH
BEVOR DU GEHST

Bibliografische Information der Deutschen Nationalbibliothek:
Die Deutsche Nationalbibliothek verzeichnet diese Publikation in
der Deutschen Nationalbibliografie; detaillierte bibliografische
Daten sind im Internet über http://dnb.dnb.de abrufbar.

© Neue überarbeitete Auflage September 2019

Foto Umschlag: Canva

Herstellung und Verlag: BoD – Books on Demand, Norderstedt

ISBN: 9783746017136

Wege entstehen dadurch, dass man sie geht.

Franz Kafka

Küss mich,...bevor du gehst

Kate ist schön, reich und klug. Doch hinter den Mauern ihrer exklusiven Villa führt sie ein einsames Leben. Ehemann Karl vergnügt sich lieber mit seiner Geliebten in Paris und lässt Kate immer öfter alleine zuhause. Eines Morgens, fällt der smarte Tom Kate beinahe sprichwörtlich vor die Füße und Kate verliebt sich Hals über Kopf, während Tom ganz andere Pläne hat.
Eine sinnliche Erzählung um eine heiße Affäre und die wahre Liebe.

Über die Autorin:

Katja Fiona Graf arbeitet als psychologische Beraterin in der eigenen Praxis und ist als freiberufliche Dozentin sowie als Jobcaoch tätig. Sie lebt mit ihrem Ehemann in Nürnberg. Mit dem Schreiben hat sie 1990 in England begonnen, wo sie einige Zeit mit ihrem Mann gelebt hat.

„Küss mich, bevor du gehst" ist ihr zweiter Roman.
2015 erschien „Wasser, Wind und Weite"
2018 „Keine Sekunde länger"

Weitere Erzählungen sind unter Wattpad erschienen:
https://www.wattpad.com/user/KatjaFionaGraf
Autorenseite: www.katja-graf.de

Inhaltsverzeichnis

Kapitel 1 – Goldener Herbst

Kate betrachtete sich im Spiegel und ihr gefiel, was sie sah. Ja, die neue Sportcapri stand ihr wirklich hervorragend. Die graue, eng anliegende Hose mit den weiß abgesetzten Paspeln ließ ihre Figur noch schmaler wirken und machte einen knackigen Po. Seit Kate vor rund einem Jahr mit dem Joggen angefangen hatte, hatte sie 7 Kilo abgenommen und fühlte sich so wohl, wie schon lange nicht mehr. Kate hatte die schlanke Figur ihre Mutter geerbt. Wie alle Frauen in der Familie war sie groß und schlank. Dennoch empfand Katharina ihre Oberschenkel als zu kräftig und hatte schließlich mit dem Joggen begonnen, was seine Wirkung nicht verfehlte.

Sie begutachtete das eng anliegende grau-weiße Top mit den schmalen Spagettiträgern. Ja, sie konnte das mit ihren 35 Jahren durchaus tragen, ein Blick nach draußen sagte ihr jedoch, dass es am heutigen Morgen leider zu frisch war. Also entschied sie sich für ihr geliebtes Kapuzenshirt mit der praktischen Kängurutasche und dem Reißverschlussfach für ihr

Smartphone. Noch ein Griff nach dem Schlüssel und sie war fertig.

Die Luft draußen war frisch und kühl. Kate genoss es tief einzuatmen und joggte voller Elan los. Sie liebte die kleine Siedlung, in die sie erst vor fünf Jahren gezogen waren, als sie das Haus gebaut hatten. Die Siedlung war ein komplettes Neubaugebiet und bestand aus einer Mischung von Einfamilienhäusern, Doppelhäusern und kleinen Reihenhäusern, die mit ihren fröhlichen, bunten Anstrichen einem spanischen Feriendorf glichen. Kate kannte so gut wie alle Nachbarn, sie hatten das wohl modernste und auch größte Haus in der Siedlung gebaut und war deshalb bekannt wie der oft genannte „bunte Hund". Kate war stolz auf ihr Haus und sie liebte es. Sie hatte Tage und Nächte mit den Architekten zugebracht und es Schritt für Schritt zu ihrem eigenen gemacht. Das Haus gab es so kein zweites Mal auf der Welt, sie hatte alle Pläne solange verändert, bis es ihren Ansprüchen genügte. Karl hatte sich rausgehalten, ihm war es, wie so oft, egal und obendrein war es

Kates Geld, mit dem sie das Haus finanzierten. Als sie Karl kennengelernt hatte, war er Alleinerbe der renommierten Römer Consulting, hatte gerade seinen Doktortitel gemacht und verfügte über ein nicht geringes Vermögen. Er bot Katharina ein Leben mit exklusiven Reisen, Theater, Opernbesuchen und teuren Kleidern. Dass Karl wesentlich älter als Kate war, war nie ein Thema zwischen ihnen. Jedoch kurz vor der Hochzeit hatte Karl sich verspekuliert und seine Firma in den Ruin getrieben.

Kates Vater hatte ihm wieder auf die Beine geholfen, weil er an Karl glaubte. Das renommierte Unternehmen hatte bereits Karls Vater, Dr. Römer Senior gegründet und es hatte einen hervorragenden Ruf. Kates Vater hatte nicht gezögert 70% der Firmenanteile zu kaufen. Sie versprachen eine ausgezeichnete Rendite. Außerdem hatte er seinem zukünftigen Schwiegersohn ein beträchtliches zinsloses Darlehen zur Verfügung gestellt.

Als sie heirateten, stand die Firma wieder auf einem soliden Sockel und schrieb schwarze Zahlen.

Karls Mercedes und die exklusive
Eigentumswohnung gehörten jedoch der Bank.

Kate joggte am Haus ihrer Freundin Susan
vorbei, die um diese frühe Stunde schon im Garten
arbeitete und ihre Rosen schnitt.

„Ein herrlicher Morgen", rief Kate ihr zu.

„Allerdings!", gab Susan zurück. „Ich beneide
dich um deinen Sportsgeist", lachte sie.

„Was vom Bäcker?", fragte Kate, die inzwischen
einen großen Kreis vor dem Haus gelaufen war und
jetzt vor dem Zaun auf der Stelle joggte.

„Nee, lass mal! Heute nicht", gab Susan
bedauernd zurück und legte eine Hand auf ihren
Bauch, um anzudeuten, dass heute Diät angesagt war.
Susan hatte Gewichtsprobleme, seit Kate ihr zum
ersten Mal begegnet war. Ein Gebäckstück hin oder
her machte da keinen Unterschied, dachte Kate. Es
war eher eine Frage der gesamten Ernährung und der
mangelnden Bewegung, die Susan das Leben schwer
machten. Dazu sah man ihrem Körper die Zeichen
von vier Schwangerschaften deutlich an. Das ging an

keiner Frau spurlos vorüber. Von jedem Kind waren Susan mindestens fünf Kilo geblieben, die sich hartnäckig hielten. Kate hob nur kurz die Hand zum Gruß und joggte vergnügt weiter. Sie lief jeden Tag quer durch die Siedlung, hinauf zum Aussichtspunkt und auf dem Rückweg vorbei an der kleinen Bäckerei. Hin und wieder brachte sie Susan etwas mit.

Es war noch früh am Morgen, aber der Himmel klarte schon auf und ließ die Sonnenstrahlen hindurch. Kate liebte diese Momente.

„Der goldenen Herbst", sagte sie laut vor sich hin, als sie die ersten Blätter auf dem Gehweg sah, die im Sonnenlicht rot und gelb leuchteten. Sie joggte hinauf zu der kleinen Anhöhe und den Parkanlagen. Die Stadt hatte hier eine kleine Allee mit zwei großen Schmuckbeeten in der Mitte angelegt. Überall standen Bänke, und es gab immer wieder neue Bepflanzungen zu bewundern. Derzeit zeigten die Blumenbeete das Stadtwappen. Die von niedrigen Buchshecken eingerahmten Schaubeete bestanden aus unzähligen kleinen Blüten. Weiter oben war die Königslilie zu bewundern, was dem barocken Garten noch mehr das Aussehen eines Schlossgartens verlieh.

Um diese Zeit hatte man den breiten Gehweg noch für sich allein. In einer Stunde würden sich hier Rentner mit ihren Enkeln, Mütter mit Kinderwagen und Hundebesitzer tummeln.

Kate hatte bereits den Aussichtspunkt erreicht. Ein Teil der alten Stadtmauer stand hier und man hatte einen wunderschönen Blick auf die Stadt und den Fluss, der sich zu ihren Füßen durch die Stadt schlängelte. Kate dachte bei diesem Ausblick immer an Florenz und den Blick von Piazzale Michelangelo, den sie zusammen mit ihrem Mann Karl genossen hatte. Es war ein traumhafter Urlaub gewesen. Sie waren so verliebt, wie die Teenager und Karl hatte sie auf Händen getragen. Er hatte ihr Venedig zu Füßen gelegt, sie auf den höchsten Berg in Florenz gebracht, ihr im Dom zu Pisa erneut die Treue geschworen. Sie waren mit der Pferdekutsche in den Weinbergen gewesen und hatten in San Gimignano die teuersten und besten Weine der Region eingekauft. Nie würde sie vergessen, wie glücklich sie damals waren. Wie unbeschwert. Wie unbesiegbar sie sich gefühlt hatte und wie schwer sie gefallen waren. Trotz all der Erinnerungen liebte Kate den Blick über die Stadt.

Wie jeden Morgen blieb sie am Aussichtspunkt stehen, machte ihre Dehnübungen, und genoss die herrliche Aussicht. Kate stellte gerade ein Bein auf die niedrige Stadtmauer und dehnte ihren Oberschenkel, als ihr auffiel, dass das Aussichtsfernrohr in die entgegengesetzte Richtung zeigte. Komisch, dachte Kate, es erweckte fast den Eindruck, als ob jemand nicht hinunter auf die Stadt, sondern geradewegs in die Siedlung geschaut hätte. Kate verwarf den Gedanken und nahm langsam ihr Lauftempo wieder auf. Sicher hatten nur ein paar Kinder daran gespielt, dachte sie und musste über ihre eigenen komischen Gedanken schmunzeln.

Beim Bäcker war wie immer viel los. Geschäftsleute, die noch schnell einen Kaffee an den Stehtischen trinken wollten, Mütter die eine

Pausenstange für ihre Kinder kauften und Hausfrauen, die frische Brötchen für das Frühstück brauchten. Es war jeden Morgen das Gleiche. Kate kaufte täglich zwei Vollkornbrötchen. Eins für morgens, eins für den Abend. Mit Karl brauchte sie schon lange nicht mehr rechnen. Er war bereits am Freitag abgereist und verbrachte das Wochenende in Paris. Geschäftlich!

Kate wusste, dass er schon seit zwei Jahren eine Affäre mit seiner Sekretärin hatte und dass diese Reise alles andere als „geschäftlich" war. Sie konnte nicht verstehen, was er an dieser aufgetakelten, wasserstoffblonden und ungemein naiven Ziege fand. Gabby, die eigentlich Gabriele hieß, mochte alles, was pink war. Sie fuhr ein pinkfarbenes kleines Auto, trug nur pinkfarbenen Lippenstift und hatte ihre viel zu langen künstlichen Krallen immer pink lackiert. Letzten Sommer hatte sie sich die Brust vergrößern lassen, und Kate war sicher, dass Karl die Operation aus der Firmenkasse gezahlt hatte. Nichts an Gabby war echt! Angefangen bei den falschen Fingernägeln, den aufgespritzten Lippen bis zu der botoxbehandelten Stirn und den falschen Brüsten. Sie bestand aus Plastik, ganz wie ihr großes Vorbild Barbie. Es war nicht schwer gewesen, hinter die Affäre zu kommen. Karl war noch nie ein guter Lügner gewesen und ein Blick in seine Augen sagte ihr, dass sie sich nicht täuschte, als sie ihn eines Abends im Büro abholte und Gabby sehr vertraulich auf seinem Schreibtisch gesessen hatte. Die Art und Weise, wie Gabby sie in den folgenden Tagen behandelt hatte, sprach ebenfalls Bände. Immer öfter stellte sie Gespräche absichtlich nicht durch, sodass Kate in der Warteschlange landete oder richtete private Termine nicht aus. Sie schmollte beleidigt, wenn Kate sich zu lange im Büro ihres Mannes aufhielt und die beiden ungestört reden wollten. Als Inhaberin von rund 70% der Firmenanteile hatte Kate nicht nur das Recht, sondern auch die Pflicht sich um die Belange des Unternehmens zu kümmern. Katharina hatte die Firmenanteile als Hochzeitsgeschenk von ihrem Vater überschrieben bekommen, damit sie in der Familie blieben und Kate ihrem Mann in allen, das Unternehmen betreffenden Fragen unterstützte. Kate wusste, dass er es zu gerne gesehen hätte, wenn sie bei Römer Consulting eingestiegen wäre. Aber Kate hatte andere Pläne gehabt. Als anerkannte Biochemikerin wollte sie nicht in der Industrie arbeiten, sondern lieber in der Forschung an einem Lehrstuhl tätig sein. Letzten Endes war jedoch alles anders gekommen und Kate hatte eine der aussichtsreichsten Stellen der Branche ausgeschlagen, um an Karls Seite zu sein.

Kate war an der Reihe. Etwas verdutzt blickte sie die Verkäuferin an, die schon zum zweiten Mal nach der Bestellung fragte. Kate war total in Gedanken gewesen.

„Ähm? Zwei Vollkornbrötchen bitte", stammelte sie und fingerte umständlich nach ihrem Geldbeutel. Zerstreut nahm sie die Brötchentüte und das Restgeld entgegen, und wollte den Laden so schnell wie möglich verlassen, als sie mit einem Mann zusammenstieß.

Erschrocken blickte sie auf. Der Unbekannte war ziemlich attraktiv und schien genauso perplex, wie sie. Ihr Arm schmerzte vom Aufprall, die Tüte mit den Brötchen lag aufgeplatzt am Boden. Für einen Moment wechselten sie verdutzte Blicke.

„Oh mein Gott, bitte verzeihen Sie, ich habe nicht aufgepasst", der Herr bückte sich, um Kate die Brötchen aufzuheben.

„Oh, nein", erwiderte Kate, „das ist ganz alleine meine Schuld, ich war in Gedanken, es tut mir sehr leid", sie merkte, wie ihr vor Verlegenheit das Blut in den Kopf schoss. Sicher war sie rot wie eine Tomate. Sie bemerkte erneut, wie gut der Mann aussah, der noch immer mit dem Aufsammeln ihre Einkäufe beschäftigt war. Sein Aftershave war herb, etwas holzig aber trotzdem frisch, genau wie sie es liebte. Er hatte gepflegte, dunkle Haare und leuchtende blaue Augen, die Kate jetzt freundlich und besorgt ansahen.

„Sie haben sich doch hoffentlich nicht wehgetan?", fragte er sanft und Kate hörte augenblicklich auf, ihren schmerzenden Arm zu reiben.

Sie schenkte dem Fremden ein Lächeln: „Nein, wirklich, es tut mir leid….ich hoffe Sie sind ok?"

Der Mann grinste freundlich zurück. „Es könnte mir nicht besser gehen. Vielleicht sieht man sich mal wieder?", sagte er schmeichelnd, drückte ihr die Tüte mit den Brötchen in die Hand und war im nächsten Moment verschwunden.

Als Kate zuhause ankam, legte sie, wie immer, die Bäckertüte in den großen Brottopf, den sie von ihrer Mutter zum Einzug bekommen hatte. Sie liebte ihre Küche, die genau wie das Haus, nach Kates Plänen maßangefertigt war. Schon immer hatte sie sich eine zum Wohnraum hin offene Küche gewünscht, mit einem Tresen und einer erhöhten Arbeitsplatte um daran zu frühstücken. Die hellen cremefarbenen Fronten harmonierten hervorragend mit der buchefarbenen Arbeitsplatte und den hellen Böden, die sich durch das ganze Haus zogen. Kate liebte die pastelligen Nuancen von Weiß über Creme, Eierschale, Sand, Vanille und Kiesel. Dazu kombinierte sie knalliges Rot in der Küche und warmes Violett im Schlafzimmer. Karl ließ ihr bei solchen Entscheidungen immer freie Hand. Er interessierte sich nicht sehr für die Einrichtung und das Haus, solange alle seine Dinge ihren Platz hatten.

Kate blickte aus dem Fenster, auch in ihrem Garten hatte der Herbst bereits Einzug gehalten. Die Früchte des großen Apfelbaumes waren längst geerntet. Mit einem Lächeln erinnerte sie sich daran, wie sie mit Hilfe sämtlicher Nachbarn, Tag für Tag, kistenweise Äpfel geerntet hatten. Die Devise war einfach: Jeder darf mitnehmen, was er selber erntet. In großen Körben hatten die Nachbarn die Äpfel vom Grundstück getragen und es waren immer noch genügend vorhanden gewesen, die Kate im großen Vorratskeller stapelte, wo sie ihren herrlichen Duft verströmten.

Auch die Blumenbeete hatten sich verändert. Die sonst in weißen und blauen Tönen gehaltenen Schmuckbeete hatten ihre Blüten abgeworfen und leuchteten mit ihrem roten Herbstlaub in der Sonne. Kate liebte alle Jahreszeiten, den Herbst mit seinen glühenden, goldenen Farben. Den Winter, der das Land leise machte, und unter dessen klirrender

Schneedecke die Blumen ihren Winterschlaf hielten und Kraft sammelten für die neue Saison. Sie liebte den Frühling, wenn die Natur in zartem Grün erwachte und freute sich auf den Sommer wenn die Bienen in ihrem Garten zwischen den weißen Rosen und dem hohen blauen Rittersporn herumschwirrten und mit ihrem Summen die Luft erfüllten, die vom Duft des Lavendels schwanger war. Nichts war so wundervoll wie ein Garten, dachte Kate, die noch immer am Fenster stand und hinausblickte und ihre Gedanken schweifen ließ.

Ihr Blick fiel auf die knallrote Kaffeemaschine, die in der Ecke ihrer Küche darauf wartete, ihren Dienst aufnehmen zu dürfen. Kate nahm sich eine Tasse von dem vorbereiteten Tablett und stellte sie unter den Auslauf, dann drückte sie auf den Knopf und ließ sich einen großen Milchkaffee aus dem High-Tech Gerät, der brühend heiß war. Bis er abgekühlt war, sprang Kate unter die Dusche.

Als sie kaum 10 Minuten später in ihrem Lieblingsshirt und einer bequemen Jeans am Frühstückstisch saß, klingelte es an der Tür.

Kate erwartete keinen Besuch und auch die Post war heute schon da gewesen, es konnte eigentlich nur Susan sein, die sich vielleicht eine Tasse Zucker, oder ein Ei ausborgen wollte. Ohne nachzudenken, ging sie an die Tür und staunte nicht schlecht; zu ihrer großen Überraschung stand der Mann aus der Bäckerei vor ihrer Tür.

„So schnell sieht man sich wieder", sagte er mit einem breiten Grinsen. Er hatte Kates Geldbeutel in der Hand. „Den müssen Sie bei unserem Zusammenstoß verloren haben." Mit einer hochgezognen Augenbraue hielt er ihr das Portemonnaie entgegen.

Kate war fassungslos. In ihrem Magen zog eine Horde Ameisen ihre Runden. Der Mann sah noch besser aus, als sie ihn in Erinnerung hatte. Er war elegant, hatte etwas Stilvolles an sich. Die ganze Körperhaltung, der teure Anzug, die leuchtenden blauen Augen und sein perfekter Haarschnitt gaben ihm das Aussehen eines echten Gentleman. Neben ihm waren alle anderen Männer seines Alters Schuljungs.

„Oh mein Gott! Wissen Sie, was ich da alles drin habe?", hörte Kate sich sagen, als sie ihre Sprache wiedergefunden hatte. „Ich weiß gar nicht, wie ich Ihnen danken kann. Ausweis, Führerschein, Krankenkassenkarte und was weiß ich noch alles", zählte Kate laut den Inhalt ihrer Brieftasche auf und fuchtelte dabei wild mit den Händen in der Luft herum. „Nicht zu vergessen die EC-Karten, Kreditkarte und Bargeld", fügte sie jetzt ziemlich aufgekratzt hinzu. Kate blickte in die Geldbörse und zählte das Geld. „Fünfhundert Euro. Sind Sie mit einem Finderlohn von 10% einverstanden?" Es war ihr peinlich, dem Fremden Geld anzubieten, aber es stand ihm zu. Kate war sich sicher, dass es dazu eine gesetzliche Regelung gab.

Der Mann winkte lächelnd ab.

"Nein, ich bin nicht hergekommen, um einen Finderlohn zu kassieren. Ich habe selbst mal meine Brieftasche verloren, ich hatte sie auf das Autodach gelegt und bin losgefahren, es hat mich Monate gekostet, bis ich alle Kreditkarten, Ausweise etc. wieder hatte. Ich wollte nur, dass Sie Ihr

Portemonnaie so schnell wie möglich wieder bekommen und sich keine Sorgen machen", sagte er galant.

„Um ehrlich zu sein, ich hatte es noch nicht mal bemerkt", erwiderte Kate jetzt etwas verwundert und kam sich dabei unendlich dumm vor. Als wäre sie eine oberflächliche Tussi oder etwas verwirrt. Was er wohl jetzt von ihr denken mochte? Reiche, verwöhnte Gans? Die nicht mal mitbekommt, wenn sie fünfhundert Euro verliert.

„Wollen Sie nicht reinkommen?", Kate hielt die Tür ein Stück weiter auf, um den Mann hineinzubitten. Noch hatte sie keine Idee, was sie mit ihm reden sollte, aber er hatte ihre Brieftasche gefunden und wollte kein Geld dafür nehmen. Vielleicht konnte sie ihm zumindest eine Tasse Kaffee anbieten und sich noch einmal ganz herzlich bei ihm bedanken, überlegte sie still und wich zur Seite um ihn hereinzubitten.

„Nein, leider. Ich muss gleich wieder, ich habe einen wichtigen Termin", um seine Worte zu unterstreichen tippte er mit dem Finger auf eine teure

Armbanduhr an seinem Handgelenk. Er hatte Geschmack. Das Model war exklusiv, aber nicht aufdringlich.

„Aber Sie können doch nicht einfach so gehen? Wie kann ich mich denn erkenntlich zeigen?", rief Kate dem Mann hinterher, der sich bereits zum Gehen gewandt hatte. Er war schon ein Stück die Auffahrt runter gelaufen, jetzt drehte er sich um und kam ein paar Schritte zurück. Die Sohlen seiner italienischen Lederschuhe klackerten leise auf den groben Schieferplatten, als er die wenigen Schritte zum Haus zurück spurtete.

„Gehen Sie mit mir essen! Wenn Sie sich unbedingt bei mir bedanken wollen, dann machen Sie mir die Freude und gehen heute Abend mit mir essen!", sagte er mit einem triumphierenden Lächeln.

Kate hatte zugesagt. Noch immer stand sie hinter der Tür und konnte es nicht fassen. Sie ging tatsächlich mit diesem gut aussehenden Mann zum Essen. In ihrem Bauch tanzten Schmetterlinge Samba und sie konnte nur schwer das Quietschen unterdrücken, dass unbedingt an die Oberfläche wollte, so wie damals als kleines Mädchen, als sie neue Ballettschuhe geschenkt bekommen hatte.

Er hatte sich ihr als „Tom" vorgestellt und ihr charmant die Hand geküsst. *Ein wahrer Gentleman,* dachte Kate verträumt. Dann hatten sie die Uhrzeit ausgemacht und jetzt hatte Kate ein „Date". Ein wahrhaftiges Date. Es fühlte sich unwirklich und zugleich unfassbar aufregend an.

„Warum nicht?", sagte sie zu sich selbst, Karl war in Paris, er war schon seit Jahren aus dem gemeinsamen Schlafzimmer ausgezogen.

„Damit ich dich nicht wecke, wenn ich spät von einer Besprechung heimkomme", hatte er gesagt. Kate kannte diese Besprechungen nur zu gut, sie hießen Gabby und all zu geistreich ging es bei diesen Gesprächen sicher nicht zu.

Ja, warum nicht? Kate war eine Frau in den besten Jahren, sollte sie zuhause sitzen und vergammeln, während ihr Gatte nicht einen einzigen Gedanken an sie verschwendete? Kate sprintete die Treppe hoch, um ihren Kleiderschrank zu inspizieren, was sollte sie anziehen? Wohin würde er mit ihr gehen? Nach der weißen Luxuslimousine zu urteilen, mit der er vor ihrer Tür gestanden hatte, würden sie sicher in kein billiges Restaurant gehen. Das kleine Schwarze? Oder lieber das lange Rote? Kate zog ein Kleid nach dem anderen aus dem Schrank und hielt sie sich vor dem Spiegel an den Körper, ja sie konnte sich mit ihrer Figur wirklich sehen lassen. Trotzdem erschien ihr keines der Kleider passend. Nachdem sie unzähligen Kleider an- und wieder ausgezogen hatte, entschied sie sich schließlich für ein nachtblaues, bodenlanges Kleid. Von vorne wirkte es einfach und schlicht, hinten hatte es jedoch einen so tiefen Rückenausschnitt, dass man kaum etwas darunter tragen konnte. Kate entschied: Das ist genau das Richtige. Sie würde die lange Jacke dazu tragen, so wäre das Kleid elegant und wenn sie anschließend in eine Bar gingen, was Kate insgeheim hoffte, dann könnte sie die Jacke ausziehen und ihren verführerischen Rücken präsentieren. Nachdem die Entscheidung gefallen war, gönnte Kate sich ein heißes Bad, rasierte sich die Beine extra gründlich, trug eine Maske und eine Haarkur auf, manikürte und pedikürte sich. Sie war froh, dass sie wöchentlich zur Fußpflege ging und immer schöne, gepflegte Füße hatte. Die French Maniküre wird toll zu den offenen Abendschuhen passen. Dachte Kate aufgekratzt. Sie freute sich wirklich auf den Abend, endlich passierte mal wieder etwas Aufregendes. Und Tom, war ein sehr attraktiver Mann. Sie würde nicht *Nein* sagen, wenn er sie wollte!

Alles kann, nichts muss, dachte Kate, als sie sorgfältig begann ihr Make-up aufzulegen.

Kapitel 2 – Falsche Aussicht

Als es an der Tür klingelte, war Kate bereits fertig. Sie hatte schon seit einer halben Stunde keine Ruhe mehr gehabt, war unzählige Male zum Spiegel gelaufen, um ihr Make-up und den Sitz ihrer Haare zu überprüfen, die Ohrringe zurechtzurücken und den Inhalt ihrer Handtasche zu überprüfen. Mann, sie war echt aus der Übung, was ein Date anging.

Tom sah noch besser aus, als sie ihn in Erinnerung hatte. Das dunkle Haar war akkurat aus der Stirn gekämmt, er trug es etwas länger als die meisten Männer, mit einem modernen Schnitt und viel Gel und wirkte damit wie ein Musiker oder Kinostar. Irgendwie erinnerte er Kate an Georg Clooney, nur jünger.

„Ich freue mich, dass Sie meine Einladung angenommen haben." Er reichte Kate charmant die Hand zur Begrüßung. Tom trug einen hellgrauen Maßanzug, der perfekt saß und sehr elegant wirkte. Das weiße Hemd hatte er leicht aufgeknöpft. Er trug keine Krawatte. Ein Mann von seinem Format war auch ohne Krawatte gut angezogen. Und er duftete, mein Gott, was roch dieser Mann gut! Kate war plötzlich unfassbar aufgeregt, als sie die Haustür absperrte und Toms Lächeln auffing. Er bot ihr galant seinen Arm an, um sie zum Auto zu geleiten, wo er ihr selbstverständlich formvollendet die Wagentür aufhielt. Er war ein echter Gentleman, dachte Kate und schenkte ihm ein umwerfendes Lächeln während sie sich elegant in die warmen, schwarzen Lederpolster gleiten ließ.

Interessiert begutachtete sie den LED beleuchteten Einstieg. Das war wirklich Luxus pur. Als Tom die Beifahrertür vorsichtig geschlossen hatte, konnte Kate im Spiegel die beleuchteten Türgriffe sehen. Das Auto musste brandneu sein. Sie kannte die Details aus der Werbung und freute sich darauf einmal in einem solchen Wagen mitzufahren. Sie selber machte sich nicht viel aus Autos, aber am heutigen Abend genoss sie den Luxus, der ihr geboten wurde.

Tom fuhr versiert aus der Parkbucht. Der elegante Wagen setzte sich fast geräuschlos in Bewegung. Selbstverständlich war die polarweiße Limousine gepflegt und roch wie neu. Kate fragte sich, wie lange er den Wagen schon fuhr. Karls Autos sahen immer aus wie eine Müllhalde. Kate musste Karls Wagen häufig zur Innen- und Außenreinigung bringen, da sie sich sonst zu sehr schämte. Ihn selbst schien es nicht zu stören und Gabby organisierte die Termine in der Waschanlage mit Freude, solange Kate die Rechnungen bezahlte.

„Sie sehen heute Abend bezaubernd aus, wenn Sie mir die Bemerkung gestatten", sagte Tom jetzt und riss Kate aus ihren Gedanken.

Kate bemerkte den Seitenblick, den er ihr zuwarf und das verräterische Funkeln in seinen Augen. Offensichtlich hatte sich das Outfit schon gelohnt, dachte Kate. Was wohl erst passieren würde, wenn er ihren verführerischen Rücken sah?

„Vielen Dank", entgegnete Kate schüchtern und entschied sich, nach einer kurzen Pause ihm direkt die Wahrheit zu sagen.

„Wissen Sie, es ist Monate her, dass ich aus war, wenn nicht sogar Jahre. Mein Mann zieht es vor, das Wochenende mit seiner Sekretärin in Paris zu verbringen. Ich sehe keinen Grund, warum ich mich nicht auch mal amüsieren soll. Wenn es nach mir geht, wird es heute ein langer Abend!", lachte sie und drehte sich beschwingt in seine Richtung, sodass ihr das lange Haar auf die Schulter fiel.

Tom sog scharf die Luft ein, bevor er den Kopf in ihre Richtung drehte und sie sehr einfühlsam anblickte.

„Es tut mir sehr leid, das zu hören", sagte er voller Empathie. „Verzeihen Sie mir, wenn ich nicht ganz uneigennützig bin, aber sein Verlust ist mein Gewinn. Ihr Mann muss ein ziemlicher Dummkopf sein."

„Lassen Sie uns das Thema wechseln, ja? Die Nacht ist so schön und ich habe vor, den Abend wirklich zu genießen. Ich fand nur, Sie sollten die Fakten kennen. Bitte entschuldigen Sie, wenn ich Sie mit meiner Ehrlichkeit etwas überrumpelt habe. Ich wollte nicht frustriert klingen."

„Themawechsel ist ein sehr gutes Stichwort",
entgegnete Tom. „Ich würde ehrlich gesagt viel lieber
über Sie reden, als über Ihren Mann", sagte er mit
einem Lächeln, während er den Blinker betätigte und
die Spur wechselte.

„Was muss ich noch wissen über die Frau, die in
Bäckereien unschuldige Männer über den Haufen
rennt?", fragte er schelmisch und Kate begann zu
lachen. Es schien wirklich ein netter Abend zu
werden. Er hatte Humor, das gefiel ihr.

„Nun, ich bin ein Mädchen aus gutem Haus, war
im Kirchenchor, im Ballett und weil das noch nicht
schlimm genug war, fanden meine Eltern, dass ich
noch Geige lernen sollte, was unter uns gesagt nicht
der beste Einfall meiner Eltern war. Es klang
grauenvoll!", antwortete Kate heiter. "Ich hoffe, ich
habe Sie damit jetzt nicht in die Flucht geschlagen?",
fragte Kate ängstlich und zog abwartend eine
Augenbraue in die Höhe.

„Oh, warten Sie, das kann ich toppen:
Internatsschüler, Jungeninternat, nicht dass Sie sich
ein falsches Bild machen. Ich war bei den

Benediktinern und habe eine strenge Erziehung genossen. Ein musisches Gymnasium. Neben Klavier fanden sich aber keine anderen Instrumente, die ich beherrschte, was meine Lehrer in die Verzweiflung trieb. Man steckte mich in den Knabenchor, was man jedoch frühzeitig bereute. Meine Talente lagen eindeutig nicht in der Musik. In den höheren Klassen wechselte ich deshalb den Zweig, was mich eine Ehrenrunde kostete und eine Gardinenpredigt. Was sagen Sie jetzt?"

„Hm? Wie sieht es mit Sport aus?"

„Seepferdchen!"

Sie lachten beide.

„Sie nehmen mich auf den Arm?", sagte Kate und kicherte noch immer.

„Keines Wegs. Gut, natürlich spielen Jungs Fußball und toben im Freibad, schließen sich Sportvereinen an und treten wieder aus, aber zu richtigen Höchstleistungen habe ich es nie gebracht. Das Seepferdchen war tatsächlich die einzige Auszeichnung, die ich jemals bekommen habe und selbst dabei habe ich mir beim Sprung ins Wasser den Kopf gestoßen. Was ist mit Ihnen?"

„Oh, das wollen Sie nicht wissen!"

„Und wenn doch?", er blickt sie neugierig an und schien auf eine Antwort zu warten.

„Also gut. Ich habe im Ballett getanzt, bis ich fünfzehn war, aber dann wurde der Druck in der Schule zu hoch und ich musste die Stunden aufgeben. Irgendwann muss man sich entscheiden. Dazu haben meine Eltern darauf bestanden, dass ich sie mindestens einmal die Woche in den Tennisclub begleite. Während meine Mutter davon träumte, dass ich eine berühmte Ballerina werde, hatte mein Vater wohl den Wunsch, eine zweite Steffi Graf aus mir zu machen. Aber natürlich ist das ein Ziel, das man nur erreichen kann, wenn man von klein auf, täglich mehrere Stunden spielt und dazu fehlte mir einfach die Geduld und das Talent. Darum lockerte mein Vater bald die Regeln und ließ mich immer öfter die Tennisstunde schwänzen. Hin und wieder spiele ich heute noch mit meinem Vater eine Partie auf dem

Platz, aber seit er im Ruhestand ist findet er golfspielen spannender."

„Spielen Sie Golf?"

„Oh, ich bin in der Lage ein Stück Rasen ein beachtliches Stück durch die Luft zu katapultieren, was leider im Golfclub nicht so gerne gesehen wird", sagte Kate mit einem charmanten Lächeln.

„Falls das jemals olympisch wird, bin ich Ihr Caddy!", grinste Tom begeistert. Sie stimmte in sein Lachen ein.

„Nun, mein Vater würde sich wünschen, dass wir alle spielen. Meine Mutter hat es anfangs gehasst, inzwischen hatte sie so viele Stunden, dass sie einigermaßen den Ball trifft. Wir haben jedoch beide kein gesondertes Interesse an dem Spiel und sitzen lieber auf der Aussichtsterrasse, trinken Kaffee und reden. Ich genieße diese Stunden mit meiner Mutter immer sehr. Wir treffen uns einmal die Woche im Club, essen zu Mittag, während mein Vater seine Bälle schlägt. So ist es auch so etwas wie ein Familienausflug."

„Das klingt sehr harmonisch", schloss Tom. „Ich habe leider keine Familie mehr, meine Mutter ist bei meiner Geburt gestorben, und mein Vater lebt mit seiner neuen Frau in Südamerika, wir haben wenig Kontakt, es muss schön sein, seine Liebsten so nah bei sich zu haben", sagte er traurig.

Tom zeigte auf das kleine französische Restaurant, das sie gerade passierten. „Wir sind übrigens da."

Die ganze Fahrt über war Tom sehr besonnen gefahren. Er war ein guter Fahrer, der den eleganten und hochmotorisierten Wagen versiert durch die engen Straßen der Altstadt gelenkt hatte. Jetzt fuhr er ebenso ruhig und mit nur einem Zug in die winzige Parklücke, die sich nur wenige Schritte vor dem Lokal befand.

Bevor sich Kate aus dem Gurt befreit und nach ihrer Tasche gebückt hatte, war er schon um den Wagen gelaufen und hatte die Tür für sie geöffnet. Jetzt hielt er ihr galant die Hand hin, um ihr beim Aussteigen behilflich zu sein. Kate nahm die angebotene Hand gerne an, auch wenn sie sportlich genug war, um alleine auszusteigen. Toms Hand war warm, trocken und tröstlich und Kate liebte die charmante Geste. Es war schön, mal wieder von einem Mann umgarnt zu werden. Noch dazu von einem so attraktivem wie Tom.

Das „St. Michel" war, wie immer, bis auf den letzten Platz ausgebucht. Kate kannte das kleine Lokal noch aus der Studienzeit, wo sie ab und an mit ihren Freundinnen essen gewesen war, wenn sie mal etwas wirklich Besonderes unternehmen wollten. Das „St. Michel" hatte eine kleine aber exklusive Karte und war trotz der hohen Preise immer voll besetzt. Die Reservierungen liefen Monate im Voraus. Als sie jetzt mit Tom das Lokal betrat, fiel ihr sofort die erfreute Miene des Restaurantleiters am Eingang auf, der mit ausgestreckten Armen auf Tom zulief.

„Oh, Monsieur avocat", sagte er begeistert und führte sie zu einem kleinen Tisch im hinteren Bereich des Lokals. Er bat Kate um die Jacke und obwohl diese vorgehabt hatte, das Geheimnis noch nicht zu lüften, war es zu warm in dem kleinen, engen Restaurant um mit dem schweren Gehrock zu sitzen.

Galant ließ Kate die Jacke von den Schultern gleiten und genoss den Blick, den Tom ihr zuwarf. Dann setzte sie sich auf den angebotenen Stuhl, der ihr vom Kellner zurechtgerückt wurde. Tom schien in dem renommierten Lokal bestens bekannt zu sein. Man bekam hier normal nicht einfach einen Tisch und die Art und Weise, wie die Kellner ihn umgarnten, sagten einiges aus. Offensichtlich war er ein gern gesehener Stammgast, der ein großzügiges Trinkgeld gab.

Die Karte wurde gereicht, und Kate hätte sich am Liebsten ein Galette mit Schinken und Käse gegönnt, so wie früher, aber sie wusste, dass es sicher unpassend gewesen wäre wenn Tom sich schon so für sie ins Zeug gelegt hatte, einen einfachen Pfannkuchen zu bestellen, also entschied sie sich für die *Canard à l'Orange*, Barbarie-Entenbrust in Orangensauce. Tom wählte das *Escalope de dinde*, ein Putensteak mit Krabben in Tomaten-Sahnesauce mit Lauch, dazu fragte er nach der aktuellen Weinempfehlung.

„Sie trinken doch ein Glas Wein mit mir, oder?", fragte er jetzt Kate. „Ist es Ihnen Recht, wenn ich den Wein auswähle?"

Er war wirklich ein formvollendeter Gentleman, dachte Kate und nickte begeistert. Auch als der Kellner ein Glas Champagner als Aperitif vorschlug, war sie einverstanden. Zudem bestellten sie den *La salade Algarve*, bestehend aus Blattsalaten, Tomaten, Gurken, Egerlinge, Ei, Kresse und Portweindressing und Kate konnte es kaum erwarten, dass die kleinen Köstlichkeiten serviert wurden, als Tom in letzter Sekunde noch entschied, dass sie unbedingt die *Hors d'oeuvres variés*, die gemischten Vorspeisen mit Lachs, Krabben, Leberpastete und Artischocken versuchen musste.

Der Champagner wurde gebracht, und sie stießen miteinander an.

„Es ist eine Weile her, dass ich den Knigge gelesen habe", gestand Kate, „aber ich glaube die Dame bietet dem Herren das „Du" an. Daher würde ich mich sehr freuen, wenn wir das alberne „Sie" endlich lassen könnten", sagte sie lächelnd und griff erneut zu ihrem Glas.

Tom griff ebenfalls zum Glas und atmete theatralisch aus. „Ich dachte schon, du fragst nie!", entgegnete er schelmisch und ließ sein Glas gegen das ihre klirren.

Der Abend war jetzt schon ein voller Erfolg. Die *Hors d'oeuvres* waren ein Traum und der ausgesuchte Wein perfekt temperiert. Tom war ein interessanter Gesprächspartner, der schon weit herumgekommen war, interessante Reisen unternommen hatte und ihr vielerlei Geschichten von seinen Reisen erzählte. Er war nicht nur ein amüsanter Gesprächspartner, sondern auch besonders aufmerksam, wenn er Kate zuhörte. Er verlor nie ihr Glas aus den Augen, füllte Wasser und Wein für sie nach, und erkundigte sich immer wieder, ob das Gericht nach ihrem Geschmack war oder sie etwas bräuchte. Von Anfang an hatte er klargestellt, dass Kate sein Gast war. Auch wenn diese protestiert hatte, dass sie doch den Finderlohn zahlen müsste, so hatte Tom sich lachend über sie hinweggesetzt.

„Ihr Opfer ist es, mich zu begleiten, ich übernehme die Rechnung, das ist ganz einfach. Und da ich der Finder bin, darf ich meinen Finderlohn auch selber bestimmen. Ihre Gesellschaft ist mir Lohn genug", hatte er wie selbstverständlich gesagt. Und Kate waren die Argumente ausgegangen. Es war offensichtlich, dass er mit ihr flirtete und Kate ließ sich das nur allzu gerne gefallen.

Es war schon weit nach Mitternacht, als sie das kleine Lokal verließen. Kate hatte einen kleinen Schwips, was nicht verwunderlich war, da sie das meiste von dem leckeren Weißwein hatte trinken müssen. Schließlich musste Tom noch fahren, und den edlen Tropfen stehen zu lassen, wäre wirklich Frevel gewesen. Also hatte sie sich geopfert. Es tat ihr gut, einen ausgelassenen Abend zu verbringen, und so zögerte sie auch nicht, als Tom sie jetzt fragte, ob er ihr noch etwas zeigen dürfe und sie erneut in seine sportliche, weiße Limousine einstieg.

Sie glitten lautlos durch die Nacht. Der elegante Wagen dämpfte alle Geräusche, im Radio lief leise klassische Musik. Kate hatte sich bequem zurückgelehnt und blickte aus dem Fenster, wo die Lichter der Stadt an ihr vorbeizogen wie Sterne am Himmel. Gerade passierten sie die steinerne Brücke, die über den Fluss gespannt war und aussah wie die Ponte San Trinita in Florenz. Sie verband die beiden Stadtteile, den Nord- und Südteil miteinander. Im Norden der Stadt gab es viele Geschäftshäuser, hier waren die Banken und Versicherungen angesiedelt und auf der Flaniermeile fanden sich nur die teuersten Boutiquen. Früher hatte Kate hier selber oft eingekauft, aber seit sie und Karl nur noch selten ausgingen, hatte sie sich das Geld gespart. Man brauchte keine Desingerkleider, wenn man eh nur zuhause saß und keiner die schicke Garderobe würdigte.

In einer der schmalen, einspurigen Straßen im Bankenviertel verlangsamte Tom plötzlich das Tempo und bog dann in eine Tiefgarage ein, deren Tor sich wie von Zauberhand öffnete.

Kate kannte die Gegend. Auch Karls Firma war hier ansässig. Er hatte ebenfalls eine ähnliche Zufahrt, zu einer der versteckten Garagen unter den eleganten Bürogebäuden mit ihren spiegelnden Fassaden. Sie fuhren eine kleine Auffahrt hinab, dann parkte Tom das Auto auf dem ersten Parkplatz neben dem glänzenden Aufzug. Die Stellfläche hatte die Nummer eins und es war offensichtlich, dass es Toms fester Parkplatz war, den er souverän angesteuert hatte.

Sie stiegen aus, und wieder kam er um den Wagen herum und reichte Kate die Hand, um ihr behilflich zu sein. Nur dass er sie dieses Mal nicht losließ, bis sie gemeinsam in den Aufzug gestiegen waren. Dort musste Tom seinen Schlüssel in das Schaltpult stecken, um die Berechtigung für die Fahrt in die oberen Etagen zu bekommen.

Als sie aus dem Fahrstuhl stiegen, ging Tom auf eine riesige Doppelflügel Eingangstür aus Mahagoni zu. „Dr. Matthias Thomas Burgstaller, Rechtsanwalt", stand auf dem großen, glänzenden Messingschild neben der Tür.

„Matthias?", fragte Kate mit einer hochgezogenen Augenbraue und grinste.

„Zieh mich nicht damit auf", warnte Tom lachend. „Ich hasse den Namen. Alle meine Freunde nennen mich Tom, zum Glück konnte ich das schon in der Schule durchsetzen", fügte er erklärend hinzu.

Der Raum, der sich vor Kate nun eröffnete, ließ ihr den Atem stocken. Ein riesiges Wohnzimmer lag vor ihr. Es gab gleich 3 Sofas mit einem hellen blumigen Bezug, die sich um einen kleinen Tisch gruppierten, im Hintergrund dominierte eine riesige Bücherwand aus Mahagoni den Raum. Die Glastüren mit den Sprosseneinsatz, nahmen dem Regal die Schwere. Obwohl Tom noch kein Licht eingeschaltet hatte, wirkte der elegante Raum, der nur durch das Mondlicht erhellt war, schon jetzt wie ein Palast. Er ging mit forschen Schritten an ihr vorbei und öffnete die beiden großen, weißen Flügeltüren, die hinaus auf die Dachterrasse führten. Kate folgte ihm zögerlich, als er die Hand nach ihr ausstreckte und ihr ein Zeichen gab, zu ihm zu kommen. Der Blick von der Terrasse war atemberaubend. Unter ihr lang ihnen die Stadt zu Füßen. Tausende kleine Lichter, die wie kleine Nadelstiche im schwarz der Silhouette aufleuchteten. Sie erkannte die Brücke, über die sie gekommen waren, die im Schein der 1000 Lichter noch romantischer wirkte. Das Ganze erschien ihr wie ein Traum. Obwohl sie leicht fröstelte, ließ sie zu, dass Tom ihr die Jacke von den Schultern streifte. Er stand jetzt ganz dicht hinter ihr. Sie spürte seinen warmen Atem an ihrem Hals. Er begann sie vorsichtig zu küssen. Erst hinter dem Ohr, dann in der Halsbeuge. Seine warmen und zärtlichen Küsse wanderten weiter hinab zu ihren Schultern, seine Hände glitten vorsichtig über den unverschämt tiefen Ausschnitt an ihrem Rücken. Kate ließ den Kopf langsam nach hinten gleiten. Ein leichtes Stöhnen entfuhr ihr, als Tom erneut ihre Schulter küsste.

„Möchtest du etwas trinken?", fragte er jetzt heiser an ihrem Ohr. Kate konnte deutlich hören, wie erregt er war.

„Gerne!", flüsterte sie zurück, um etwas Zeit zu gewinnen. Das hier ging eindeutig zu schnell. Sie kannte Tom kaum und wollte sich nicht blindlings in ein Abenteuer stürzen. Noch nicht! Man würde sehen, was die Zeit bringt. Ob sie sich wiedersehen würden? Sie hoffte es sehr.

Tom war unterdessen im Inneren des Appartements verschwunden. Sie hörte ihn in der offenen Küche mit den Gläsern hantieren, dann kam er mit zwei Gläsern Champagner zurück auf die Terrasse. „Möchtest du hineingehen? Es ist hier draußen doch etwas frisch", stellte er besorgt fest.

Kate folgte ihm und konnte die Schar an Schmetterlingen in ihrem Bauch plötzlich nicht mehr bremsen. Tom, nein Matthias, war so fürsorglich, so liebevoll. Den ganzen Abend war er so aufmerksam gewesen. „Matthias", leise sprach sie seinen Namen vor sich hin. Eigentlich ein schöner Name. Sie wollte nicht einer seiner Freunde sein, sie fand, er hätte es verdient mit seinem richtigen Namen, oder besser mit einem besonderen Namen, einem Namen, den nur sie für ihn aussuchte, angesprochen zu werden.

Kate folgte ihm auf das bequeme Sofa. Es brannte kein Licht, als sie eng umschlungen auf die elegante Couch sanken und sich endlich küssten. Es war ein Kuss, der alles ausdrückte, was Kate sich an diesem

Abend erhofft hatte. Liebe, Wärme, Geborgenheit und Verlangen schlugen wie eine Welle über ihr zusammen. Sie schmiegte sich in seine Arme und hörte auf sich Gedanken zu machen. Nur das Mondlicht schaute ihnen zu, als Kate langsam die Riemchensandalen von ihren Füßen streifte.

„Ich kann das nicht!", flüsterte Tom heiser an ihren Lippen.
Gerade hatten sie sich noch wild geküsst, doch jetzt war er ein kleines Stück von ihr abgerückt. Völlig außer Atem. Auch Kate brauchte einen Moment, um sich zu sammeln. Eben war um sie herum die Welt still gestanden. Sie wusste zunächst gar nicht, wo sie sich befand, bis ihr bewusst wurde, dass sie noch immer in Toms Appartement waren.
„Was, kannst du nicht?", fragte Kate vorsichtig, mit bebenden Lippen, obwohl sie sicher war, die Antwort schon zu kennen. Vor ein paar Minuten hatte sie selbst noch Skrupel gehabt, aber jetzt war sie so

erhitzt und aufgepeitscht, dass sie alles getan hätte um mit ihm zu schlafen.

„Ich kann das nicht!", wiederholte Tom erneut und wirkte ziemlich aufgebracht. „Es wäre nicht fair, dir gegenüber", sagte er jetzt und rieb sich müde über die Augen.

„Tom, du bist mir nichts schuldig, falls du das meinst?", versuchte Kate, die Situation zu retten. Aber Tom war bereits aufgestanden und hatte die kleine Stehlampe angeschaltet. Unruhig lief er im Raum auf und ab, bevor er zögerlich anfing zu sprechen.

„Es tut mir leid, aber ich ziehe in zwei Tagen nach Zürich!"

Tom deutete auf die Umzugskartons, die Kate bisher im schwachen Mondlicht nicht gesehen hatte. Erst jetzt bemerkte sie, dass auch die Bücherwand komplett leer geräumt war und verstand nicht, was das zu bedeuten hatte. Ihr Kopf war wie leer gefegt. Konnten sie nicht trotzdem heute eine unbeschwerte Nacht verbringen?

„Du bist mir zur falschen Zeit am falschen Ort begegnet. Ich wollte das nicht, das musst du mir glauben. Und ich wollte dir niemals wehtun."

Er kam zurück zum Sofa und nahm ihre Hand in die seine. „Wir dürfen das nicht, Kate, verstehst du? Ich kann dir nichts versprechen, ich gehe weg, der Umzug ist organisiert und ich kann und will dich hier nicht alleine zurücklassen. Auch wenn es mir das Herz bricht, aber es ist besser, wenn wir es hier und jetzt beenden."

Ein wenig benommen blickte Kate in seine traurigen Augen. Sie hielt noch immer seine Hand. Es war vorbei. Es endete, bevor es richtig begann. Kate versuchte, vernünftig zu sein.

„Vielleicht hast du recht", sagte sie vorsichtig und wagte es nicht ihn anzusehen. „Ich bin nicht so stark, offen gestanden habe ich schon jetzt meine Gefühle kaum im Griff. Es war sehr schön, dass du mich für einen Abend aus meinem Elfenbeinturm entführt hast", sie blickte ihm fest in die Augen, als sie weitersprach. „Es war ein zauberhafter Abend. Bitte mach dir keine Vorwürfe, ich habe jede Sekunde genossen und deine Ehrlichkeit, zeigt mir, dass du ein wahrer Gentleman bist", dann stand sie auf, griff nach ihrer Jacke und schluckte die Tränen hinunter, die in ihr aufstiegen.

Es fühlte sich seltsam an, in das Taxi zu steigen, das Tom für sie bestellt und auch bereits bezahlt hatte. Sie hatte sich den Abschied von ihm anders vorgestellt. In ihrer Fantasie wäre sie im Morgengrauen mit zerwühlten Haaren, die Schuhe in der Hand aus dem Haus geschlichen. Jetzt saß sie akkurat gekleidet in einem Taxi und fuhr das kurze Stück über die Brücke nach Hause. So zerplatzen Phantasien. Es wäre auch zu schön gewesen. Das Schicksal hatte wirklich einen harten rechten Haken, dachte Kate und endlich ließ sie den Tränen freien Lauf.

Kapitel 3 – Der Morgen danach

Als Kate erwachte, war sie zunächst überrascht, dass der Alkohol des gestrigen Abends ihr so wenig anhaben konnte. Zum Glück hatte sie gut gegessen und eine gute Grundlage geschaffen. Außerdem hatte sie nach dem Essen nur noch Wasser getrunken und sich außer einem kleinen Schluck Champagner bei Tom auf der Terrasse keine weiteren Gläser erlaubt. Sie fühlte sich überraschend frisch und schlüpfte energisch in ihr Joggingoutfit.

Nachdem sie sich ausgiebig die Zähne geputzt und sich das Gesicht gewaschen hatte, fühlte sie sich wieder wie ein Mensch. Das kastanienbraune, lange Haar hatte sie, wie immer, zu einem festen Pferdeschwanz gebunden. Auch heute verzichtete sie nicht auf ihre Sporteinheit. Schon immer war Kate ehrgeizig gewesen. Daran konnte auch ihre Trauer über den Ausgang des gestrigen Abends nichts ändern. Schon immer war sie Optimist. Vielleicht gab es einen Weg sich trotzdem zu sehen? Sie brauchten nur etwas Zeit, und davon hatte Kate reichlich.

Wie gewöhnlich joggte sie bei Susan vorbei, von der heute nichts zu sehen war. Der Wind hatte aufgefrischt und die Wolken verdunkelten die Sonne. Der Tag schien nicht besonders freundlich, aber das störte Kate nicht. Sie lief wie immer ihre Runden. Heute würde sie sich beim Bäcker allerdings etwas anderes gönnen als nur zwei trockene Brötchen. Vielleicht eines der kleinen glasierten Obsttörtchen, die so lecker in den Auslagen aussahen. Oder vielleicht ein Croissant?

Oben an der Aussichtsplattform war es heute zugig. Der Wind blies ihr streng ins Gesicht und zog kleine Strähnen ihrer sorgfältig gekämmten Haare aus dem Pferdeschwanz, die ihr schmerzhaft ins Gesicht peitschten. Sie wollte sich bei diesem Wetter lieber nicht so lange hier oben aufhalten und lief daher langsam weiter ohne ihre täglichen Dehnungsübungen zu machen. Trotzdem entging ihr nicht, dass das Fernrohr schon wieder in die Siedlung zeigte, statt hinunter in die Stadt. Konnte es möglich sein, dass sich ein Spanner im Park herumtrieb?

Instinktiv blickte sie nach allen Seiten, konnte aber niemand verdächtiges erkennen. Wahrscheinlich waren es doch nur Kinder oder der Wind, der das Fernglas gedreht hatte. Nachdenklich setzte Kate ihren Weg, hinunter zur Bäckerei fort. Unterdessen hielt sie immer wieder Ausschau nach auffallenden Personen, konnte aber niemanden entdecken.

Beim Bäcker ging es heute Morgen etwas ruhiger zu. Es waren Herbstferien und man merkte sofort, dass heute keine Schule war. Kate kam sofort an die Reihe und wählte eines der kleinen Törtchen mit einem Zuckerguss aus Himbeersaft und einer Füllung aus Buttercreme und Früchten.

Zuhause angekommen setzte Kate das kleine Päckchen mit dem winzigen Kuchenteilchen vorsichtig ab. Es kam ihr vor, als würde sie etwas Verbotenes tun. Sie konnte sich nicht erinnern, wann sie sich zum letzten Mal eine derartige Kalorienbombe gegönnt hatte.

Voller Vorfreude stieg sie die Treppe zu ihrem Badezimmer nach oben. Erst wollte sie duschen und dann würde sie das sündige Teilchen im Bademantel mit einer großen Tasse Milchkaffee verspeisen. Das hatte sie sich verdient. Die überflüssigen Kalorien, lief sie beim Joggen wieder runter, darüber machte sie sich keine Sorgen.

Kate gönnte sich eine extra lange Dusche mit ihrem teuren Duschschaum und anschließend eine extra Portion Body Lotion. Dann schlüpfte sie in den weichen, vorgewärmten Bademantel, es war traumhaft, tröstlich und entspannend zugleich. Sie wickelte ihre langen Haare in ein großes flauschiges Handtuch, dort würden sie langsam trocknen können. Sie hasste es, Haare zu föhnen. Es brach die Spitzen ab und machte das Haar spröde. Außerdem hatte sie Zeit. Sie würde sich in aller Ruhe einen Wellnesstag gönnen und später vielleicht mit ihrer besten Freundin Mia telefonieren. Doch zunächst stand die Kalorienbombe auf dem Plan, und Kate freute sich wie ein Kind auf den Weihnachtsmann, als sie daran dachte.

Die Kaffeemaschine machte, wie immer, ziemlichen Lärm, als Kate den Wahlschalter auf Milchkaffee drehte und dem Kaffee beim Einlaufen in den großen

Becher zusah. Das sündige Törtchen hatte sie bereits auf einen kleinen Teller drapiert, wo es so verführerisch glänzte, dass einem das Wasser im Mund zusammen lief. Gerade als Kate ihren Kaffeebecher auf den Tresen stellte und auf einen der Barhocker vor der offenen Kücheninsel klettern wollte, klingelte es an der Haustür. Ohne nachzudenken, ging Kate zur Tür und wollte ihren Augen kaum glauben, als sie Tom vor der Tür stehen sah. Er sah gut aus, verdammt gut und in Kates Magen fingen die Schmetterlinge erneut an, wild zu tanzen. Verdammt. Dieser Mann hatte eine unglaubliche Wirkung auf sie.

„Verzeih mir, ich war ein Idiot!", stieß Tom kleinlaut hervor. In der Hand hielt er einen Strauß weiße Rosen und blickte sie sehnsüchtig an.

Kate brauchte nur einen kurzen Moment, um zu realisieren, was das bedeutete, dann fiel sie ihm einfach um den Hals. Es war ihr egal, was die Nachbarn sagten oder dachten, es war ihr egal, ob sie jemand sah. Er war gekommen und alles andere war erst einmal egal.

„Komm mit mir!", flehte Tom jetzt an ihren Lippen. „Ich weiß, es ist viel verlangt, aber ich wünsche mir, dass du mit mir nach Zürich kommst. Vielleicht nicht heute oder morgen, aber du könntest nachkommen….."

Kate hörte seine Worte kaum, küsste ihn wieder und wieder, zog ihn mit sich ins Haus und verpasste der Tür einen kräftigen Tritt, worauf diese lautscheppernd ins Schloss fiel.

„Ich hab mich so nach dir gesehnt", raunte Tom ihr ins Ohr. Endlich übernahm er die Führung und drängte sie zurück in die Küche wo sich Kate, noch immer an seinen Lippen hängend auf den Barhocker setzte, um ihm besser erreichen zu können. Sie hatten keine Sekunde aufgehört sich zu küssen, aber jetzt als Kate auf den Barhocker geklettert war, klaffte ihr Bademantel auseinander und erlaubte Tom tiefe Einblicke. Mit nur einem Blick erfasste Tom die Situation. Kate war nackt, Splitterfaser nackt und machte keine Anstalten sich zu bedecken. Auch als er seine Blicke wieder und wieder über sie gleiten ließ, blieb sie mit geöffneten Schenkeln vor ihm sitzen. Das war mehr, als ein Mann ertragen konnte. Er brauchte nur wenige Sekunden um seinen Gürtel zu öffnen, die Hose ließ er achtlos zu Boden gleiten, während Kate sich bereits an seinem Hemd zu schaffen machte und die kleinen Knöpfe ungeduldig öffnete. Schließlich zog sie ihm begierig das Hemd über den Kopf, bis sie endlich auf nackte Haut stieß.

Tom wurde von derselben wilden Gier erfasst und drängte sich zwischen Kates geöffnete Schenkel. Mit einem kurzen und kräftigen Stoß drang er in sie ein und Kate schrie. Es war der Schrei einer Frau, die viel zulange auf Sex verzichtet hatte. Der Schrei, der Verlangen und Begehren ausdrückte und ihn um den Verstand brachte.

Es war Kate egal, ob sie die Nachbarn hörten. Sie hatte ein Recht auf Sex. Auf verdammt guten Sex, und das hier war das Beste, was Kate jemals erlebt hatte. Nicht einmal die kurze Affäre mit Frank in der WG, als sie noch Studentin gewesen war, konnte das hier toppen.

Tom hatte ihr inzwischen den Bademantel vollständig von den Schultern geschoben. Ihre kleinen festen Brüste wippten im Takt, während er sie fest und tief nahm. Selbst Kate fiel auf, wie aufreizend ihre Brustwarzen sich ihm entgegendrängten. Sie waren klein und standen immer ein bisschen aufmüpfig in die Höhe, was Tom nicht zu entgehen schien. Das Feuer und der Blick in seinen Augen sprach Bände, als er sich schließlich über sie beugte und begann fest an den kleinen Knospen zu saugen. Kate legte den Kopf in den Nacken, ihr leichtes Stöhnen schwoll an, sie öffnete sich noch ein kleines Stückchen mehr, hob ihm ihr Becken entgegen und Tom nützte die Gelegenheit um, seine Hände unter ihren Po zu legen. Er hob sie sanft an und zog ihr zartes Fleisch noch ein Stückchen weiter auseinander um noch tiefer in sie gleiten zu können, was Kate mit einem lang gezogenem lauten Stöhnen quittierte, das anschwoll und schließlich zum Schrei wurde. Kate schrie, keuchte, und krallte sich in Toms Rücken, wie noch nie in ihrem Leben. Schrie die ganze Lust heraus, die sich all die Jahre in ihr angestaut hatte und endlich ein Ventil gefunden hatte.

„Magst du auch einen Kaffee?" Kate knotete im Vorbeigehen den Bademantel wieder zu und umrundete den Küchentresen.

„Ah, Tagesordnung?", schmunzelte Tom, der versuchte seine Kleider zu ordnen und sein Hemd gerade vom Boden fischte.

„Ich brauch ne Pause", zwinkerte Kate ihm verführerisch zu. Ihr nasses Haar umrundete ihre geröteten Wangen. „Ich hatte heute noch nicht mal Kaffee, ohne den läuft bei mir sonst nichts."

„Dafür war's aber schon ganz schön ordentlich", zog Tom sie breitgrinsend auf. Er sah umwerfend aus mit dem verstrubbelten Haar und dem leichten Bartschatten. Sein Gesicht war noch immer rot, seine Augen glänzten, der Atem kam stoßweise. Sie hatten sich ganz schön verausgabt und Kate musste sich zusammenreißen, nicht gleich wieder über ihn herzufallen. Sie war ausgehungert und wollte noch mehr. Jetzt, da er ihre verlorengeglaubte Sinnlichkeit neu entfacht hatte, war sie gierig nach mehr.

Kate kletterte zurück auf den Barhocker, nachdem sie Kaffee zubereitet hatte und mit einem scharfen Messer, ihre süße Versuchung in Form eines Fruchtteilchens in zwei Hälften geschnitten hatte. Sie tranken Kaffee und genossen das Plunderstück. Tom erzählte von Zürich und sie begannen Pläne zu schmieden. Auch wenn Kate nicht glaubte, dass er es ernst meinte, es war lustig, sich auszumalen, was sie alles gemeinsam in Zürich erleben konnten. Vielleicht, dachte Kate, würde sie ihn ab und zu besuchen. Karl hatte seine Affäre, und Kate sah keinen Grund, warum sie nicht das gleiche Recht haben sollte. Sie würde sehen, was die Zeit brachte. Ob sie mit Tom eine Zukunft hatte?

Eigentlich wollte sie darüber jetzt nicht nachdenken. Der Augenblick war zu schön und sie genoss Toms Gegenwart in jeder Sekunde. Er war, witzig, belesen und sexy und Kate versuchte ihn mit ihren Blicken erneut zu verführen. Das Feuer war in ihr erweckt und sie wollte mehr davon. Soviel, wie Tom bereit war, ihr zu geben.

Tatsächlich liebten sie sich schon kurze Zeit später ein weiteres Mal. Dieses Mal auf dem Teppich, langsam, zärtlich mit ganz viel Zeit. Kate glaubte zu verbrennen, als er sich in Zeitlupe in ihr bewegte. Egal wie sehr sie ihn anflehte, Tom genoss die süße Qual, die er ihr bereitete während sie darauf wartete, dass er endlich tief und fest in sie eindrang. Trotzdem gab er keinen Millimeter nach. Er schien alle Zeit der Welt zu haben, und je mehr sie sich unter ihm bewegte und sich ihm anbot, umso langsamer wurde er. Kate kämpfte, schrie, bäumte sich unter ihm auf wie eine Raubkatze und Tom genoss jeden Moment mit diesem kleinen Wildfang, wie er sie liebevoll nannte. Sie war wirklich etwas ganz Besonderes. Er liebte die Ektase und die Explosion, wenn er sich schließlich tief und fest in ihr versenkte. Kate schrie und durchlebte multiple Orgasmen, wie er es noch nie bei einer Frau erlebt hatte. Sie konnte sich fallen lassen, lebte nur für den Augenblick, schien kein bisschen scheu und schenkte ihm all ihre Sinnlichkeit und Lust.

Er hatte gewusst, dass Kate viel zu lange alleine war. Er wusste, dass ihr Mann lieber mit seiner

Sekretärin vögelte als mit seiner eigenen Frau, aber dass er das kleine Spiel mit ihr so genießen würde, damit hatte er nicht gerechnet.

Als Kate erwachte, lag sie noch immer auf dem Teppich. Tom hatte die weiche, cremefarbene Decke über sie beide gebreitet, die Kate für kalte Winterabende vor dem Kamin immer griffbereit hatte. Leise atmend lag er in Löffelchen-Stellung hinter ihr, einen Arm fest um ihre schmale Taille geschlungen. Sie versuchte, sich langsam aus der Umarmung zu lösen, aber natürlich war Tom bereits wach und zog sie zurück in seine warmen Arme.
Er küsste sie sanft in den Nacken. „Na? Kleiner Wildfang? Ausgeschlafen?", neckte er sie.
Kate rollte sich zu ihm herum, und sah ihm fest in die Augen. Die milde Herbstsonne stand bereits tief und schickte ihre Strahlen quer durchs Zimmer. Es musste schon später Nachmittag sein, schoss es Kate durch den Kopf. Es war ihr egal. Am liebsten sollte dieser Moment nie enden, dachte sie und rollte sich noch fester in Toms Arme ein. Dieser jedoch rappelte

sich jetzt langsam hoch und lehnte sich mit dem Rücken an die Couch. Überall waren die großen, cappuccinofarbenen Kissen verstreut, die sie im Liebesspiel nach und vom Sofa gezogen hatten, um den harten Boden zu polstern.

„Hör mir zu Kate", begann er zögerlich, „ich habe das durchaus ernst gemeint. Komm mit mir! Pack einen Koffer und begleite mich nach Zürich. Wenn es dir nicht gefällt, kannst du jederzeit wieder abreisen, aber gib uns eine Chance. Ich kann dich nicht hier zurücklassen, nicht nach all dem, was zwischen uns war."

Auch Kate hatte sich aufgesetzt, sie wagte es nicht, ihn anzuschauen.

„Das ist nicht so einfach", sagte sie schließlich und blieb dann stumm. Tränen sammelten sich in ihren Augen, ihre Kehle war trocken und fühlte sich eng an.

„Ist es wegen deinem Mann? Nach allem was du mir erzählt hast, ist er jetzt in Paris und verprasst dein Geld mit seiner Sekretärin! Ach was rede ich, dein Geld! Das Geld deines Vaters", brauste Tom auf.

„Kate, dieser Mann hat dich nicht verdient. Du bist eine geniale Wissenschaftlerin, in Zürich hättest du ganz andere Möglichkeiten. Ich habe Kontakte und ich bin verdammt noch mal Rechtsanwalt, hast du das schon vergessen? Ich könnte dir bei der Scheidung helfen und dich beraten. Hat dir das, denn alles nichts bedeutet?", fragte er jetzt deutlich ruhiger und trauriger.

Endlich traute Kate sich, zu ihm umzudrehen. In ihren Augen schimmerten Tränen.

„Gerade weil es mir etwas bedeutet, Tom, kann ich es nicht. Es ist kompliziert. Mein Geld steckt in der Firma und in den Aktien und in diesem Haus. Wenn ich jetzt gehe, verliere ich alles. Mein Vater würde mich umbringen."

„Falsch, Kate…du nimmst jetzt dein Geld aus der Firma. Du hast doch sicher einen Zugang zum Konto, oder?" Als Kate stumm nickte, sprach er weiter, „siehst du, du hast also das Recht, dein Geld aus der Firma zu nehmen und auch die Anteile zu verkaufen. Warum sollst du verzichten, während dein Mann seiner Barbiepuppe von Sekretärin eine

Brustvergrößerung bezahlt? Wach auf Kate, er ist mit einer anderen in Paris, behängt sie mit Schmuck und teuren Kleidern, während du ihm den Arsch gerettet hast. Er fährt die Firma wieder in den Konkurs und diesmal ist es dein Geld und das deines Vaters, das dabei den Bach runter geht. Das kannst du doch unmöglich wollen?"

Kate schüttelte nur traurig den Kopf. Tom, der sofort die Lage erfasste, griff ihr sanft unter das Kinn und trocknete die kleinen Tränen mit einem Kuss.

„Du hast doch sicher einen Ehevertrag? Den lesen wir uns in aller Ruhe durch, dann wissen wir, wo du stehst und was deine Möglichkeiten sind, aber ich bin mir sicher, dass du in der Lage bist, Karl den Geldhahn abzudrehen und ihn komplett leer ausgehen zu lassen. Ich denke nicht, dass dein Vater sich nicht abgesichert hat. Ich übernehme die rechtlichen Schritte, die eingeleitet werden müssen, wir regeln das schon, Liebes. Wenn du es willst, wenn du mich willst, wenn du endlich aufhörst dir selber die Flügel zu stutzen Kate. Du hast auch ein Recht auf Glück."

Kapitel 4 – Pläne

Kaum eine Stunde später hielt Kate einen fertigen Plan in ihrer Hand, der wirklich alle Schwierigkeiten aus dem Weg zu räumen schien. Sie hatte sich einen Block und einen Stift geholt und nach Toms Anweisungen, mit ihrer schönen sauberen Handschrift alle Punkte notiert, die jetzt der Reihe nach abzuarbeiten waren. Ein wenig nachdenklich blickte sie auf die Liste. Es machte ihr Angst und gleichzeitig sprühte sie vor Tatendrang. Sie wollte mit Tom in Zürich ein neues Leben anfangen. Es fühlte sich gut an. Er gab ihr Kraft, hatte auf alles eine Antwort und sie vertraute ihm. Jetzt musste sie nur noch den Mut finden, ihren Traum auch Wirklichkeit werden zu lassen.

Tom hatte Freunde und hervorragende Kontakte in Zürich. Sie könnte wieder als Biochemikerin arbeiten. Bei dem Gedanken daran, spürte Kate erneut die Schmetterlinge in ihrem Bauch tanzen. Seine Auftraggeber saßen in der Industrie sowie in den großen Universitäten, und er hatte ihr versprochen, sofort seinen Einfluss geltend zu machen. Außerdem würde sie ab sofort die Frau an seiner Seite sein, ihn zu allen offiziellen Anlässen begleiten und so selber die nötigen Kontakte knüpfen.

Aus seinem Mund hörte sich das alles wie ein Kinderspiel an und vielleicht war es das ja auch?

Als Tom aufstand und seine Jacke anzog, kam Sehnsucht in ihr auf, sie wollte nicht, dass er ging und sie alleine ließ, aber natürlich hatte er noch jede Menge zu erledigen. Der Umzug einer großen Kanzlei verlangte viel Verantwortung und Tom wollte sich nicht alleine auf seine Mitarbeiter verlassen. Er würde sich in seinem Büro um alles kümmern und Kate am Abend anrufen, damit sie weitere Pläne schmieden konnten und besprechen, was noch alles zu tun war.

Am nächsten bereits Tag sollte ihr Flug gehen. Die Zeit war verdammt knapp. Aber Kate verstand, dass es nicht anders ging.

Sie musste das jetzt über die Bühne bringen. Solange Karl in Paris war und ihr keine Steine in den Weg legen konnte. Eine Nacht-und Nebel-Aktion war leider die einzig sinnvolle Lösung, wenn sie keinen Rosenkrieg lostreten wollte und sich mit ihm um das Vermögen streiten. Nur so hatte Kate eine Chance ihr Geld zu retten.

Tom hatte darauf bestanden, den Flug für sie zu buchen, da duldete er keine Widerrede. Auch wenn er ihr damit einen wichtigen Teil ihrer Vorfreude nahm. Gedankenverloren scrollte Kate deshalb durch Google Maps und sah sich Bilder aus Zürich und der Umgebung an. Sie war schon immer gerne in der Schweiz gewesen. Ein völlig neues Leben erwartete sie. Ein Leben in ihrer Wahlheimat, wie sie es sich immer erträumt hatte.

Kate zählte die Stunden, bis sie sich wieder sahen. Doch es in Wahrheit gab es viel zu tun. Die Zeit schien ihr davonzulaufen und gerade deshalb wusste sie nicht, wo sie anfangen sollte.

Zuerst musste sie bei der Bank anrufen und eine größere Transaktion ankündigen.

Die Bankberaterin, Maria Gehr, kannte Kate schon, als sie noch ein Kind gewesen war. Für gewöhnlich unterhielten sie sich kurz, doch heute war Kate zu aufgeregt und hatte auch keine Ahnung, wie sie Maria die Überweisung erklären sollte. Schließlich kannten sich auch Maria und Karl und das Telefonat fing bereits an, schwierig zu werden, als die freundliche Angestellte fragte, wie es Karl ginge und ob sie auch zum Sommerfest auf dem Marktplatz kommen würden. Kate nuschelte eine Ausrede und gab zu verstehen, dass sie aus beruflichen Gründen vermutlich nicht vor Ort sein würde. Dann bat sie darum, die Freigabe für die Buchung zu erteilen.

Für gewöhnlich stellte Maria Gehr keine Fragen. Aber meist ging es auch nur um einfache Buchungen wie die vorzeitige Rückzahlung eines Darlehens oder eine Sondertilgung. Größere Summen von Karls Geschäftskonto auf eines der Privatkonten zu buchen, war faktisch noch nie vorgekommen. Als Kate ihr das Codewort sagte, wurde sie darum kurz neugierig. Aber Kate erstickte die schüchterne Nachfrage im Keim. Das Rückbuchen ihrer Einlagen vom

Firmenkonto auf Kates Privatkonto ging danach flüssig und ohne Zwischenfälle. Kate musste noch einmal ihr Codewort bestätigen, dazu am Computer die zugesandten Schlüssel eingeben, dann war es vollbracht. Es war Freitagnachmittag, Karl würde von den Änderungen wohl frühestens am Dienstagmorgen erfahren, das gab Kate genug Zeit um sich in Sicherheit zu bringen. Bis dahin war sie längst in Zürich und sprichwörtlich über alle Berge.

Tom hatte recht. Sie hatte sich das alles viel zu lange gefallen lassen. Sie konnte sich zwar nicht erinnern, wann sie ihm von Karl und Gabby und der Brustvergrößerung erzählt hatte, aber das war jetzt auch egal. Offensichtlich war sie gestern doch mehr beschwipst gewesen, als sie gemerkt hatte.
Seit Jahren betrog Karl sie mit anderen Frauen. Es hatte bereits kurz nach der Hochzeit angefangen, als Kate noch gehofft hatte ein Kind zu bekommen. Sie war zuhause geblieben und hatte ihren guten Job als Biochemikerin aufgegeben, um an Karls Seite zu sein. Inzwischen war sie viel zu lange aus dem Job, und

hatte keine weitere Berufspraxis als die Zeit als Doktorandin vorzuweisen. Statt der Karriere hatte sie sich entschieden, das Haus zu pflegen und gehofft ein Kind zu bekommen. Sie hatte sich auf ein Leben als Hausfrau und Mutter gefreut und wollte später halbtags in den Beruf einsteigen, wenn die Kinder alt genug waren. Aber es kam alles anders. Sie versuchten es fast ein Jahr, aber Kate wurde einfach nicht schwanger. Ihr Liebesleben blieb immer mehr auf der Strecke, als Karl erneut einen Großauftrag verlor und immer mehr unter der finanziellen Abhängigkeit von Kate und seinem Schwiegervater litt. Kate versuchte, ihn zu beruhigen, und bot an, wieder arbeiten zu gehen, aber Karl fühlte sich von der Dominanz und finanziellen Überlegenheit seiner Frau entmannt.

Schon bald kam Karl immer später nach Hause. Sie hieß Madita und war Studentin aus Schweden. Als Madita nach 6 Monaten wieder zurück nach Schweden musste, war das für Karl die ideale Möglichkeit, das Mädchen elegant loszuwerden. Karl war schon damals ein Mann in den besten Jahren und mit seinen 53 Jahren weit älter als Kate. Für Madita hätte er der Großvater sein können, aber das störte das Mädchen nicht, solange er ihr hübsche Kleider und Schmuck kaufte. Es folgte Lis. Lis war ein Mädchen, schön, klar und rein. Sie hatte blondes engelsgleiches Haar und war noch nicht mal 20 Jahre alt. Die zarte Lis war eine Offenbarung für Karl, allerdings nur bis sie anfing, schwierig zu werden, und forderte, dass Karl sich scheiden ließ. So zart wie Lis war, so zart und durchscheinend war ihr Verstand, sie hatte nicht viel davon. Und ihre Hoffnung sich hochzuschlafen zerplatzte wie eine Seifenblase, als Karl sie einfach feuerte. Dann folgte Gabby. Gabby war ganz anders als Lis, nicht was den Verstand anging. Sie waren alle strohdumm, die jungen Hühner, die glaubten den großen Wurf zu landen, wenn sie mit dem Firmenboss schliefen. Gabby war groß, pink, und laut. Alles an Gabby war pink. Ihre falschen Fingernägel, die hochhackigen Schuhe, die viel zu engen Kleider, der Lippenstift nur ihre Haare waren blond, wasserstoffblond. Nichts an Gabby war echt. Ihr Hintern war so üppig, dass sie Probleme hatte, in einen Flugzeugsitz zu passen. Und genau das war ihr Markenzeichen. Sie machte kein Geheimnis daraus, dass sie sich den Hintern mit Eigenfett aus dem Bauchraum hatte aufpolstern lassen. Sie stand auf üppige Kurven und davon hatte sie reichlich. Als der Po im Gegensatz zur Brust ins Ungleichgewicht geriet, bettelte sie Karl um eine Brustvergrößerung an. 20.000,-€ hatte dieser zum Ausstopfen seiner Barbie locker gemacht. 20.000,-€ die er vom Firmenkonto genommen hatte, um eine angebliche Steuerzahlung zu leisten. In den Büchern war jedoch die Quittung einer tschechischen Schönheitsklinik aufgeführt die die OP diskret als „Beratungshonorar" abrechnete und von Karl als „Weiterbildung" deklariert worden war.

Als Kate jetzt im Wohnzimmer saß und auf die Scherben ihrer Ehe blickte, reifte in ihr ein Plan. Sie würde neu anfangen. Egal ob mit oder ohne Tom. Sie würde sich eine neue Existenz in Zürich aufbauen. Es war wirklich ein Glück, dass sie Tom getroffen hatte. Er hatte ihr bereits wertvolle Tipps gegeben und ihre Finanzen gerettet. Jetzt musste sie nur noch ihre

Koffer packen. Die Aufteilung der Möbel und der Verbleib des Hauses konnte dann bei der Scheidung geklärt werden. Da sie bereits seit vielen Jahren getrennte Schlafzimmer hatten, hoffte Kate auf eine Beschleunigung des Verfahrens und Tom hatte ihr diesbezüglich auch Hoffnung gemacht. Er war jetzt ihr Anwalt und würde alles in die Wege leiten. Alles was Karl bleiben würde, war ihr Abschiedsbrief.

Ermutig durch den Gedanken, rief Kate ihre beste Freundin Mia an. Mia lebte in London. Eine Frau mit einem unabhängigen Leben in einer der schönsten Metropolen der Welt. Mia war die einzige Person, die Kate verstehen würde. Sie selbst war vor vielen Jahren aus dem Goldenen Käfig ihres Elternhauses geflohen und hatte allen gezeigt, dass man auch als Frau eine Karriere aufbauen konnte. Allen Nörglern und Zweiflern zum Trotz hatte Mia eine Bilderbuchkarriere hingelegt und sägte gewaltig am Stuhl der männlichen Kollegen. Sie war die Motivation, die Kate jetzt brauchte und sie war sich sicher, dass Mia sie in allen Vorhaben unterstützen würde.

Kapitel 5 – Träume

Der Samstag erwartete sie mit kühlem und trübem Wetter. Kate stand am Fenster und blickte hinaus. Es war gerade mal zwei Tage her, dass sie Tom kennengelernt hatte, und es kam ihr vor, als kannten sie sich schon eine Ewigkeit. Es war ziemlich verrückt. Sie hatten gerade mal einen Tag, um sich einzugewöhnen. Bereits am Montag wurde Tom in seiner neuen Position in der Rechtsabteilung von Converde Pharma erwartet. Kate hatte sich die Homepage angesehen und war begeistert gewesen. Das Unternehmen versprach interessante Neuerungen im Bereich der Homöopathie und Kate konnte sich gut vorstellen ebenfalls bei Converde Pharma einzusteigen, nachdem Tom sich dort etwas etabliert hatte.

Tatsächlich hatte sie erwartet, dass sie traurig sein würde, wenn ihre Koffer gepackt waren und es nichts mehr im Haus zu tun gab. Aber stattdessen erlebte sie ein unbeschreibliches Glücksgefühl. Jedes Teil, das sie in den Koffer packte, befreite sie mehr und mehr. Sie tat das Richtige, da war sie sich sicher. Ihre Sehnsucht nach Tom wuchs von Minute zu Minute und dass sie nicht die Nacht miteinander verbracht hatten, schmerzte sie sehr.

Aber sie beide hatten viel zu tun, und Toms Auto in ihrer Auffahrt hätte den Nachbarn zu viel Stoff zum Reden gegeben. Außerdem kamen Toms Möbelpacker in aller Frühe, sie musste also warten. Nachdem sie sich zum gefühlten hundertsten Mal versichert hatte, dass sie alles erledigt hatte, ihr Reisepass noch gültig war, sie genug Geld abgehoben hatte und auch der Schmuck sicher verwahrt war, blieb nur noch eins: Der Abschiedsbrief an Karl.

Kate setzte sich an ihren Sekretär in der Eingangshalle. Sie liebte den praktischen Schreibtisch, auch wenn es sich nicht um ein antikes Möbelstück handelte, sondern vielmehr um einen modernen Tisch mit Ausziehplatte und einen kleinen Aufsatz, aus dem sie jetzt einen Bogen ihres vanillefarbenen Büttenpapiers nahm. Ihr Füller lag, wie immer, griffbereit in der kleinen Schale. Mit ihrer geschwungenen Handschrift fing Kate an zu schreiben.

Sie musste mehrfach ansetzen. „Mein lieber Karl" schien ihr doch zu unpassend, wenn man seinem Ehemann mitteilte, dass man ihn verlassen würde. Aber wie startet man so einen Brief? Mit „Hallo Karl"? Wohl kaum!

Kapitel 6 – Katharina

Rückblick

Schon in der Grundschule hatten die anderen Mädchen Katharina um ihr Elternhaus beneidet. Ihr Vater war Ingenieur und arbeitete für die Automobilbranche, wo er unter anderem viele Patente für Sicherheitssysteme angemeldet hatte. Seine erste Million hatte er allerdings an der Börse gemacht und davon eine stattliche Villa im viktorianischen Stil erbaut. Katharinas Klassenkameradinnen standen Schlange, um einmal von ihr in die toskanagelbe Villa eingeladen zu werden, die wie ein Märchenschloss über den Hügeln der Stadt thronte. Sie war beliebt unter den Mitschülern. Nicht weil sie hübsch und reich war, sondern weil Katharina es sich nicht ein einziges Mal anmerken ließ, dass sie über mehr Geld verfügte als die meisten ihrer Freunde. Immer setzte sie sich für die Schwächeren ein, ergriff Partei für Kinder, die gehänselt wurden und verschenkte kaum genutzte Spielsachen und Kleider an die, die es nötiger hatten als sie. Schon immer war sie gerecht, teilte mit jedem und galt als außerordentlich loyal. Katharinas Freundeskreis war groß und sie genoss es, an Geburtstagen große Feiern im Garten ihrer Eltern zu geben, die sie akribisch plante. Sobald sie alt genug war, bestand Katharina darauf, ihre Geburtstagstorten selbst zu backen. Sie mochte keine gekauften Kuchen und brachte Stunden in der Küche zu, um feinste Torten herzustellen.

Katharinas Mutter stammte aus einfachen Verhältnissen. Sie war eine großgewachsene Frau mit langem blonden Haar, das sie zum Chignon aufgesteckt trug. Es umgab sie eine ganz eigene Eleganz. Die Art, wie sie sich bewegte, wie sie lief und den Kopf hielt, hatte Maximilian Weidner sofort gefallen. Er hatte sich Hals über Kopf in die hübsche Charlotta verliebt und sie kaum ein Jahr später geheiratet. Die Weidners führten eine ausgezeichnete Ehe. Katharina war ein Wunschkind und das gute Einkommen ihres Mannes, ermöglichte es Charlotta, zuhause zu bleiben und sich ganz der Erziehung der einzigen Tochter zu widmen. Charlotta war eine ausgezeichnete Gastgeberin. Sie konnte problemlos ein Menü für 10 Personen zubereiten und Maximilians Geschäftspartner zu exklusiven Abendessen einladen, die sie im eigenen Haus veranstalteten. Sie war eine exzellente Köchin, die es verstand, das Personal so gezielt einzusetzen, dass sie gleichzeitig in der Küche den Überblick behalten konnte und trotzdem ihrem Mann eine hervorragende Tischdame und brillante Gastgeberin war. Charlotta war gebildet, konnte sich jederzeit an den Gesprächen über Politik und Wirtschaft beteiligen, wusste sich jedoch im richtigen Moment zurückzunehmen. Sie erzog Katharina zu einem bescheidenen Mädchen, lernte ihr rechtzeitig kochen und backen und das Führen eines Haushaltes. Im Alter von 9 Jahren konnte Katharina bereits selbstständig einen Knopf annähen, einen Schal stricken und sich ihren eigenen Geburtstagskuchen backen.

Als Katharina direkt nach dem Abitur das Haus verlassen wollte, um in eine Studenten-WG zu ziehen, hatten ihre Eltern nichts dagegen. Sie sollte lernen, auf

eigenen Beinen zu stehen. Außerdem machte ihrer
Mutter der Gedanke, dass Katharina täglich 30 km mit
dem Auto zur Uni und wieder zurückfahren musste
Angst. Die meisten Unfälle passieren im
Straßenverkehr, sagte sie gerne, und dass eine
Fahranfängerin wie Katharina erst etwas Routine
bekommen müsste.

So zog Katharina im ersten Semester zu Frank
und Sebastian in die WG.

Die Wohnung lag im 3. Stock eines alten
Mietshauses aus der Gründerzeit. Hohe Decken und
Stuck dominierten die Architektur des kernsanierten
Gebäudes. Mit 140 qm Wohnraum war die Wohnung
ausreichend groß für eine WG. Es gab 3
Schlafzimmer, ein riesiges Wohnzimmer mit
angeschlossener, offener Wohnküche und ein
mickriges Bad, das sie sich teilten. Die Böden aus
Eichenparkett im Fischgrätmuster knarzten beim
Laufen unter ihren Füßen, und Katharina hatte sich
bereits bei der ersten Besichtigung in die Wohnung
verliebt. Katharinas Zimmer war das Kleinste
gewesen. Ausgestattet mit einer Dachschräge und

einem großen Gaubenfenster, war es aber der gemütlichste Raum in der ganzen Wohnung, wie Katharina fand. Sie übernahm die Möbel der Vormieterin, ein weißes Bett, einen weißen Schreibtisch und einen, gerade mal ein Meter breiten, Schrank für ihre Kleidung. Alles was sie neu kaufte, war ein roter, kreisrunder Flokati, der zwischen Bett und Schreibtisch lag, damit sie auf dem blanken Parkett keine kalten Füße bekam.

Die Zeit in der WG beschrieb Katharina oft als die beste Zeit ihres Lebens. Es war schön mit zwei Männern zu leben, die ihr ständig den Hof machten und fast jeden Wunsch von den Augen ablasen. Sebastian fand bald eine Freundin, Verena. Ein schüchternes Mädchen mit braunen Rehaugen und langem dunklen Haar. Sie hatte eine Vorliebe für schwarze Miniröcke und blickdichte Strümpfe und sah dadurch jeden Tag gleich aus. Verena integrierte sich wunderbar in die WG, auch wenn der fast zwei Meter große, stämmige Sebastian und die zierliche Verena ein ungleiches Paar abgaben. Sie reichte ihm gerade mal bis zur Brust und es sah lustig aus, wenn die beiden versuchten, sich zu küssen.

Katharina, die von den Jungs nur „Kate" gerufen wurde, kochte noch immer für ihr Leben gerne. Immer öfter verschwanden Sebastian und Verena zum Essen oder trafen sich mit anderen Pärchen und ließen Frank und Katharina alleine in der WG zurück. Der schüchterne Frank war im Gegensatz zu Sebastian, mit seinem einen Meter achtundsiebzig kaum größer als Katharina. Er hatte strubbelige, dunkle Locken, die immer wirr von seinem Kopf abstanden und bei jeder Bewegung wippten. Frank studierte Biologie und war bereits im vierten Semester. Er half Katharina, die sich für Biochemie eingeschrieben hatte, beim Lernen. Sein Wissen schien schier endlos und er blühte richtig auf, wenn er Kate etwas erklären konnte. Er war ein perfekter Mentor. Wenn Sebastian und Verena außer Haus waren, machten sie gemeinsam die Küche unsicher und kochten wilde, selbst erfundene Gerichte mit viel Curry und Chili, oder buken bereits im Herbst endlose Sorten an Weihnachtsplätzchen.

Als Katharina an einem Frühlingstag an dem großen Esstisch in der Küche saß und lernte, kam

Frank von Einkaufen. Er stellte zwei riesige Papiertüten auf die große Kochinsel und begann auszupacken. Sie hatten eine Abmachung, die immer gut funktionierte. Jeder zahlte dreißig Euro pro Woche in das gemeinsame Sparschwein ein. Davon gingen sie einkaufen und kochten. Es gab keinen Plan. Die Arbeiten wurden dann erledigt, wenn einer Zeit hatte. Bisher hatte es noch nie deswegen Streit gegeben. Ganz im Gegenteil. Sie lebten so sparsam, dass sie bald auch Duschgel, Zahncreme und andere persönliche Dinge mit auf den Einkaufszettel schrieben, der ursprünglich nur für Lebensmittel gedacht war.

Franks Einkauf sah vielversprechend aus. Lauch, Lachs, Sahne, das sah nach finnischer Lachs-Quiche aus, die Katharina so liebte. Sie freute sich und räumte schnell ihre Bücher und die Hefte zusammen. Sebastian und Verena waren beim Handballturnier und würden nicht vor dem Abend zurück sein. So hatten Frank und Kate die Küche für sich alleine und konnten sich austoben.

Als Kate anfing, die Sachen in den Kühlschrank zu

räumen, berührte sie für einen Moment Franks Hand und glaubten einen Stromschlag bekommen zu haben. Frank hielt ebenfalls für einen Moment inne und blickte Katharina ernst und durchdringend an. Es war kein Geheimnis, dass sie sich zueinander hingezogen fühlten, aber bisher hatten sie es vermieden, sich näher zu kommen. Es würde das Leben in der WG unnötig erschweren und der Stress, der bei einer Trennung entstand, hätte zwangsläufig den Auszug eines Partners zur Folge.

An diesem Nachmittag jedoch warfen sie alle Einwände über Bord.

Frank schlug die Kühlschranktür so heftig zu, dass Kate erschrocken zusammen fuhr, dann griff er mit einer Hand nach ihrem Handgelenk und zog sie bestimmt und mit festem Griff zu sich. Katharina gefiel das selbstbewusste Auftreten, des sonst so schüchternen Frank. Sie wartete, was passieren würde, als sie ganz knapp vor seiner Nase zum Stehen kam. Sein Gesichtsausdruck sprach Bände. Seine Augen schienen Katharina festzuhalten. Sie hatte großen Spaß an dem kleinen Spiel und ließ ihren

Blick zwischen seinen Augen und seinen Lippen hin und her wandern. Frank verstand die kleine Geste sofort. Er zögerte nicht, zog Katharina fest in seine Arme und küsste sie. Es war ein Kuss, wie Katharina noch nie einen bekommen hatte. Weich, warm und fordernd. Als sie den Kuss leidenschaftlich erwiderte, gab sie Frank neues Selbstvertrauen, er hob sie mühelos hoch und Kate schlang ihre langen Beine um seine Taille. Frank trug sie zum Esstisch, wo er sie vorsichtig absetzte und mit einer schnellen Bewegung die Bücher vom Tisch fegte, Kate zerrte bereits an seinen Kleidern und öffnete seinen Gürtel, sie brauchten nur wenige Minuten, bis die Wellen der Ekstase über ihnen zusammenschlugen.

Ab diesem Moment unterhielten Kate und Frank eine leidenschaftliche aber geheime Beziehung. Sie wollten keine große Sache daraus machen, sie blieben Freunde. Freunde mit Sonderleistungen. Eine richtige Beziehung hätte alles verkompliziert. Sie waren frei, auch wenn sie fast jede Nacht miteinander schliefen.

Solange keiner von ihnen einen festen Partner hatte, war diese lockere Verbindung perfekt.

Sebastian und Verena merkten nichts von den neuen Aktivitäten, die hinter ihrem Rücken stattfanden. Kate verbrachte die meisten Nächte in Franks Bett, da er das größere Zimmer und auch das größere Bett hatte. Sein fast 20qm großer Raum war eine Mischung aus Wohnzimmer und Schlafzimmer mit einem selbst gebauten Bett auf Europaletten, das auf Rollen stand und sich manchmal in Bewegung setzte, wenn sie es zu wild trieben.

Bis zu einem Morgen im tiefsten Winter, wusste keiner von ihrer Verbindung. Kate schlich oft im Morgengrauen auf Zehenspitzen in ihr Zimmer und zerwühlte das Bett. Jedoch am Morgen des 21. Januar kam Sebastian überraschend in Franks Zimmer, er hatte kurz angeklopft und stand eine Sekunde später bereits, mit zwei Kaffeetassen in der Hand in der Tür.

„Aufstehen ihr Turteltauben", lachte er laut. Katharina schaffte es gerade noch rechtzeitig, sich die Decke bis zum Kinn zu ziehen. Darunter war sie splitterfasernackt.

„Seit wann weißt du es?", fragte Frank schlapp und verdrehte genervt die Augen, als er sich zurück ins Bett fallen ließ.

„Lang genug, ihr Anfänger", entgegnete Sebastian dreckig grinsend. „Wenn ihr es geheim halten wollt, dürft ihr nicht so nen Krach machen beim Sex. Man hört Euch bis auf den Nachbarbalkon." Er schüttelte belustigt den Kopf und reichte ihnen jeder einen Becher Kaffee. „Kommt jetzt mal in die Küche, wir wollen Euch was sagen. Verena und ich werden heiraten, ich ziehe aus!"

Das war das Ende ihrer kleinen Allianz gewesen. Irgendwie war es danach nicht mehr dasselbe. Plötzlich lag etwas Schweres über der WG. Keiner wollte sich eine WG ohne Sebastian und Verena vorstellen. Sie hatten perfekt harmoniert. Hatten sich in Ruhe gelassen, gaben sich Freiraum, waren trotzdem für einander da und hielten zusammen wie Pech und Schwefel. Jetzt würde sich alles verändern. Auch die Beziehung zwischen Kate und Frank begann zu bröckeln. Sie stritten wegen Kleinigkeiten, stellten einen Putzplan auf, hielten ihn nicht ein, gerieten wieder in Streit.

Auf der Abschiedsfeier von Sebastian studierte Kate im sechsten Semester und wollte sowieso bald aus der WG ausziehen. Als Doktorandin hatte sie bereits eine Stelle im Institut für Biochemie, wo sie unterrichten würde. Frank hatte ebenfalls bereits seit Wochen einen festen Job und verdiente genug Geld, um die Wohnung alleine zu halten. Es war das Ende einer Ära und das Ende einer langen Freundschaft. Sie alle wussten, dass sie bald der Alltag einholen würde und es sie in alle Himmelsrichtungen verstreute.

Sebastian und Frank hatten alle ihre Studienkollegen, Dozenten und Freunde zur großen Abschiedsfeier in der WG eingeladen. An diesem Abend lernten sich Katharina und Karl kennen und verliebten sich auf den ersten Blick.

Kapitel 7 - Abreise

Kate hatte ihre Koffer bereits vor Stunden hinunter in die Eingangshalle getragen. Die Kaffeemaschine war ausgeschaltet, der Müll entsorgt, es fühlte sich an, als würde sie auf eine lange Reise gehen. Dass sie das Haus für immer verließ, fühlte sich plötzlich unwirklich und fremd an. Konnte sie wirklich alles stehen und liegen lassen? Noch gab es ein Zurück. Sie könnte Karl eine Szene machen, sagen, dass sie das Geld aus der Firma genommen hatte und er erst wieder mit ihrer Unterstützung rechnen konnte, wenn er endlich die Affäre zu Gabby und allen weiteren Frauen unterließ und zu ihr zurückkehrte.

Hin- und hergerissen von den Gefühlen streifte sie im Haus umher. Aber würde Karl sich ändern? Nein, er hatte bereits mehr als eine Chance gehabt. Kate spürte erneut die Wut, die in ihr hochkochte.

Wie viele Stunden hatten sie mit Reden verbracht. Wie viele endlose Nächte hatte Katharina durchgeheult. Wie oft hatte sie versucht, sich einzureden, dass erfolgreiche Männer Affären brauchten und es dem natürlichen Lauf der Dinge entsprach. Dass andere Ehefrauen auch einsam und alleine zuhause saßen, während ihre Männer mit Prostituierten und Geliebten versuchten Stress abzubauen den sie aufgrund ihre verantwortungsvollen Stellung hatten.

Das alles war eine Lüge. Eine Lüge, die sich die Frauen täglich aufs Neue erzählten, weil sie keine Wahl hatten. Sie mussten sie glauben, mussten mitspielen, weil sie einen Mann geheiratet hatten, der sie wegen ihrer Jugend und ihrer Schönheit geheiratet hatte und der seine Untreue mit hochkarätigem Schmuck, großen Häusern und dem Finanzieren eines exklusiven Lebensstils ausglich. Es war ein Geschäft.

Aber Katharina hatte kein Interesse, an so einem Geschäft. Außerdem, hatte sie das Geld in die Firma gesteckt, sie hatte das Haus gekauft und Karl hätte verdammt noch mal, ihr zu Füßen liegen müssen. Sie war diejenige, die sich Affären leisten konnte, während ihr Mann wie ein zahmer Trottel zuhause sitzen sollte und froh sein, dass sie ihn aushielt.

Aber Katharina wollte weder das eine noch das andere. Sie wollte in einer gleichberechtigten, erwachsenen Beziehung leben. Mit einem Mann der sie liebte und verehrte und für den weder ihr noch sein Geld eine Rolle spielte. Sie wollte frei sein. Und glücklich. Und das würde sie jetzt, da war sie sich ganz sicher.

In diesem Augenblick fuhr Toms weiße Limousine vor. Als Tom die Tür erreicht hatte, fiel sie ihm um den Hals und klammerte sich an ihm fest, wie eine Ertrinkende an einem Rettungsring. Tom machte sich lachend von ihr frei und küsste sie sanft auf den Mund, während er sie ins Haus schob.

„Nicht so stürmisch. Es müssen ja nicht gleich alle Nachbarn mitbekommen", flüsterte er heißer an ihrem Ohr.

„Ich habe nichts zu verbergen", entgegnete Kate, die schon wieder an seinen Lippen hing. Sie hatten noch jede Menge Zeit, Tom war eine gute Stunde früher da, als verabredet.

„Denk dran, dass im Falle der Scheidung, er der Böse sein muss. Keine Aussage von den Nachbarn darf dich als Ehebrecherin darstellen. Du bist das arme Opfer. Denk an deine Eltern, die würden dir das nie verzeihen."

„Du denkst wirklich an alles, oder?", schmollte Kate und drehte sich jetzt demonstrativ von ihm weg.

„Ich bin dein Anwalt und es ist meine Aufgabe an alles zu denken. Wir wollen dich mit einer weißen Weste aus der Geschichte holen. Einer Weste, die so weiß ist, dass sie alle im Gerichtssaal blendet. Verstehst du? Du bist der strahlende Engel, er der böse Teufel, also gibt deinen Nachbarn keinen Grund zum Reden. Je weniger sie mitbekommen umso besser."

„Dann darf ich heute beim Sex nicht schreien?", neckte sie ihn und schob den weiten Ausschnitt ihres Pullovers leicht über die Schulter.

„Oh, du wirst schreien!", zwinkerte Tom ihr zu und jagte ihr nach, „wenn ich dich erwische, wirst du schreien, das verspreche ich dir!", presste er lüstern zwischen den Zähnen hervor.

Kate floh kreischend hinauf in ihr Schlafzimmer, doch Tom fing sie bereits am Treppenaufgang ab und zog sie in seine Arme, wo sie sich lachend küssten.

Kate liebte es, in Toms Armen zu liegen. Noch mehr liebte sie es jedoch, auf dem Teppich zu liegen, mit Toms Kopf zwischen ihren Schenkeln. Noch nie hatte sie einem Mann erlaubt, sich ihr in dieser Weise zu nähern, aber in diesem Fall hatte sie keine Wahl gehabt, Tom hatte ihr das Höschen abgestreift und im nächsten Moment war seine Zunge in sie eingetaucht und hatte ihr zartes Fleisch geteilt. Das Gefühl war so überwältigend, dass Kate nicht im Stande war sich dagegen zu wehren. Hin und wieder versuchte sie, die Schenkel zusammen zu pressen, wenn das Gefühl zu stark wurde, aber Tom schob ihr immer wieder mit kräftigen Händen die Knie auseinander.

„Oh nein Fräulein, hiergeblieben", keuchte er heiser, bevor er sein Zungenspiel erneut aufnahm und sie fast an den Rand des Wahnsinns brachte. Als Kates Atem schneller wurde und sie begann kleine spitze Schreie auszustoßen, ließ er einen seiner Finger in sie gleiten, während er mit dem Daumen und der Zunge weiterhin die kleine empfindliche Perle umkreiste.

Kate begann sich zu winden, sie schrie, jetzt öffnete sie die Schenkel von selbst, bot sich ihm an, wie eine aufblühende Rose im Morgentau. Oh wie er diesen Moment liebte! Erneut bäumte sich Kate auf, er wusste, dass sie kurz davor war. Während sie sich noch weiter öffnete, versuchte er, einen zweiten Finger in sie zu schieben, was sie mit aufreizendem Stöhnen dankte.

Sie ist wirklich ein ganz besonderes Mädchen, schoss es Tom durch den Kopf, als er zum Finale in sie eindrang und sich in ihr ergoss.

Es ist wirklich schade, dass sie sterben muss.

Kapitel 8 – Mia

Mia legten ihren Schlüssel auf den kleinen Absatz im Flur und schlüpfte aus den Slingpumps. Ihr kastanienbraunes Haar fiel ihr dabei seitlich über die Schulter. Mia war selbst erstaunt, wie lang es inzwischen geworden war. Ihr gutes Aussehen, war Teil ihres Erfolges. Da machte sie sich nichts vor. Als Mia vor zwei Jahren bei Huges & Smith angefangen hatte, war ihr klar, das es zahlreiche männliche Anwärter auf dem Job gegeben hatte. Männer mit Abschlüssen von Eliteuniversitäten und mit mehr Berufserfahrung. Und trotzdem hatte der alte Huges sich für Mia entschieden. Und diese Entscheidung war nicht etwa der Frauenquote geschuldet, sondern einzig und alleine Mias Körper. Ihren geschmeidigen Kurven, ihrer schlanken Taille und den hohen Wangenknochen, die sie aussehen ließen, wie die hübschere Schwester von Jennifer Aniston. Ja, Mias Erfolg, war geprägt von guten Genen und der Tatsache, dass sie schon als Dreijährige zum Ballett geschickt worden war. Die Branche des

Investmentbankings wurde dominiert von Männern und das war unumstößlich. Das Einzige, was ihre Übermacht ins Wanken brachte, waren sexy Kurven und die Fähigkeit die Beine in einem Winkel von über 180° zu spreizen. Mia verfügte über beides und wusste ihre Fähigkeiten gezielt einzusetzen. Nicht dass sie mit den hohen Herren ins Bett ging. Nein, gerade dass sie es nicht tat, brachte sie um den Verstand. Sie hätten Mia ihr Haus, ihr Auto und all ihr Geld anvertraut, für nur eine einzige Nacht. Mia war die Geheimwaffe von Huges & Smith. War ein Investor nicht zu überzeugen, dann war sein nächster Termin, ein Gespräch mit Mia. Sie brauchte keine zwanzig Minuten um den Kunden davon zu überzeugen, sein Geld in ein Risikogeschäft zu investieren. Sie fraßen ihr aus der Hand. Ein Augenaufschlag, ein Blick auf die langen schlanken Beine, die sie wie eine Göttin übereinanderschlug, und schon waren alle Zweifel beseitig.

Sie nahm nie einen mit in ihr Bett. Weder von den Investoren, noch von den Kollegen. Sie hatte ihre Prinzipien. Eines davon war, dass sie sich nie mit

Investoren einließ. Das Zweite war, dass sie selten zweimal mit dem gleichen Mann schlief. Sie liebte ihre Freiheit und wollte sich nicht an ein arrogantes Arschloch binden. Sie war weder finanziell auf einen Kerl angewiesen, noch wollte sie ihr Geld in einen untreuen Ehemann investieren in der Hoffnung, sich seine Treue erkaufen zu können, so wie ihre Freundin Kate.

Sie war mit Kate auf die Schule gegangen und kannte die Familie gut. Kates Mutter, Charlotta hatte Mia manchmal unter ihre Fittiche genommen und ihr beigestanden, wenn sie Unterstützung gebraucht hatte. So wie damals, als Mia beschlossen hatte, nach London zu gehen und als Finanzexpertin durchzustarten. Es war Charlotta, die an Mias Erfolg geglaubt hatte und für die Kaution ihrer ersten Wohnung gebürgt hatte. Mias eigene Mutter hatte andere Pläne für ihre Tochter gehabt. Sie hätte sie lieber als Accessoire am Arm eines reichen Mannes gesehen, und war enttäuscht, dass sie ihr „Lebenswerk" nicht an Mia vollenden konnte. Sie nannte ihre Tochter eine Rebellin, seit Mia im Alter von 18 Jahren bewusst geworden war, warum man sie ins Ballett geschickt hatte.

Es war nicht schwer zu erraten, was Männern am Ballett gefiel. Frauen, die in viel zu engen Schuhen auf den Zehenspitzen trippelten und nicht davonlaufen konnten. Sie war eine erwachsene Frau, und war nicht länger bereit, auf einer Bühne, in einer engen Strumpfhose ihren Po zu präsentieren und sich mit unnatürlich weit gespreizten Beinen um die eigene Achse zu drehen, um sich unter den Rock gucken lassen.

Für Mia war das nichts anderes, als die gesellschaftlich anerkannte Variante des Stangentanzes. Auch wenn die Tänzerinnen bei ihren Auftritten nicht nackt waren. Die durchscheinenden, eng anliegenden Bodys zeigten deutlich die Konturen der Brustwarzen und halfen, die Phantasie der Herren anzuregen. Und das nicht mal besonders subtil und äußerst wirkungsvoll.

Nach dieser Erkenntnis fasste Mia einen Entschluss. Sie würde sich in einer Männerdomäne etablieren. Der anfängliche Plan war, sie alle mit ihrem Fachwissen und ihren Kompetenzen zu schlagen und den Vorteil der Überraschung zu nutzen. Aber in England gab es noch immer Eliteuniversitäten, die ausschließlich Männer annahmen. Und so musste Mia sich an einer unbekannten Uni einschreiben, was ihr zum Anfang ihre Karriere immer im Weg gestanden war. Aber letzten Endes lief das Spiel noch viel leichter, als sie gedacht hatte. Sie wurde regelmäßig von den Kollegen unterschätzt. Betrat Mia einen Raum, wurde es augenblicklich still. Nicht, weil man sie als Konkurrentin wahrnahmen. Nein, in beruflicher Hinsicht räumte man ihr keinerlei Kompetenz ein und nahm Mia nicht als Gefahr wahr. Es war ihre bloße Erscheinung, die sie zum Schweigen brachte. Sie gafften ihr mit offenen Mündern hinterher und schon ging das Gestelze los. In ihrem Wettkampf, um die schöne Mia waren die Geschäfte schnell vergessen. Nahezu jeder wusste eine Geschichte über seinen Konkurrenten und in ihrem Eifer vergaßen die Herren die Vorsicht. Mia bekam die schmutzigen Einzelheiten auf dem Silbertablett serviert und konnte in aller Ruhe zu ihrem finalen Schlag ausholen. Sie hatte genügend Backgroundinformationen, um die größten Firmenbosse in Schwierigkeiten zu bringen. Es war ein Leichtes, sie mit einem riskanten Geschäft aus der Deckung zu locken. Vor allem diejenigen, denen das Wasser bis zum Hals stand, schlugen gerne ein, wenn Mia ihnen ein renditereiches Angebot machte.

Es war eine Mischung aus Vertrauen, welches sie in den unschuldigen Augen einer schönen Frau schöpften, gepaart mit dem sexuellen Verlangen und der Hoffnung, dass der Geschäftsabschluss auf der Matratze in Mias Hotelzimmer endete.

Sie schlug die Elitejungs mit ihren eigenen Waffen und wusste den Vorteil zu nutzen, dass in ihrem Hirn kein Blut mehr war, sobald Mia einmal die langen, schlanken Beine übereinaderschlug und ihnen ihr umwerfendes Lächeln schenkte.

Dabei war Mia alles andere als ein Biest. Sie war eine toughe Geschäftsfrau, die darum kämpfte endlich von den männlichen Kollegen als gleichwertig anerkannt zu werden. Sie wollte nicht länger die Ausputzerin für Huges & Smith sein, sondern eigene Klienten betreuen. Sie wollte nicht mehr länger gerufen werden, damit ihr der Kunde auf den Arsch glotzte und dabei seine Einwände über Bord warf. Schlimm genug, dass ihre Mutter sie von klein auf zu einem Sexobjekt erzogen hatte, mit dem einzigen Ziel, sich in naher der Zukunft einen hochkarätigen Ehemann zu suchen. Kein Problem, wenn er Millionär war, und auch kein Problem, sollte er ein hochkarätiges Arschloch sein, solange das Geld im Kasten klingt.

Nein, Mia hatte nicht vor zu heiraten. In ihrem Leben gab es keinen Platz für einen Mann. Sie hatte sich vor zwei Jahren das Haus nahe der Waterloo Bridge gekauft und sich damit ihren Lebenstraum erfüllt. Die weiße Villa war mit nur fünf Zimmern relativ klein, aber erfüllte all ihre Bedürfnisse an ein gemütliches Zuhause. Für alle anderen Bedürfnisse pflegte sie lockere Männerbekanntschaften. Sie hatte die Schnauze voll von Lügnern und Betrügern und ganz egal, wie anziehend sie auf Männer wirkte.

Irgendwann kam in jeder Beziehung der Punkt, wo man sich einer jüngeren Ausgabe von sich selbst gegenüber sah. Mia konnte viel, aber auch sie konnte die Zeit nicht aufhalten und sie würde nicht darauf warten bis ihr Mann sie durch eine andere ersetzte.

So wie bei Kate, die jetzt auf die Scherben ihre Ehe blickte und in einer Nacht-und-Nebel-Aktion aus dem eigenen Haus floh.

Kapitel 9 – Erkenntnis

„Hast du alles? Ausweise, Geld, Schlüssel, Bankunterlagen?", fragte Tom unruhig, bevor Kate die Tür abschloss. Er hatte ihre Koffer ins Auto geladen und war plötzlich von einer ungewohnten Hektik ergriffen. Seine Mimik war hart und er wirkte genervt. Das musste an der Zeit liegen, die sie vertrödelt hatten, dachte Kate. Sie hatte keine Ahnung, wann ihr Flieger ging, aber langsam wurde es draußen dunkel und sie mussten sich beeilen. Tom hielt ihr diesmal nicht einmal die Autotür auf, sondern forderte sie auf einzusteigen. Sie fuhren eine Weile schweigend. Irgendetwas hatte sich in seinem Gesicht verändert. Er wirkte konzentriert, seine Gesichtszüge waren wie versteinert als er stoisch auf die Straße blickte.

Kate schob ihre Hand auf seinen Oberschenkel, die er fast grob wegwischte und sie bat ihn nicht beim Fahren zu stören. Eigentlich war Tom ein guter und souveräner Autofahrer, Kate hatte nicht erwartet, dass ihn ihre Hand aus der Ruhe bringen könnte. Aber er schien plötzlich angespannt und wortkarg. Das war also die andere Seite von Tom. Für einen kurzen Moment bereute sie es, mit ihm gegangen zu sein. Einem Wildfremden. Einem Mann, der sie verführt hatte und mit dem sie nichts verband außer wirklich sagenhaft aufregendem Sex. Aber würde das reichen um eine neue Beziehung, eine neue Existenz aufzubauen? Gut, da war noch mehr: seine Liebe zur Musik, zur Oper und sein Interesse an fernen Ländern und Reisen.

All das hatte sie mit Karl lange nicht mehr gehabt, Karl kannte nur seine Arbeit und fremde Frauen, dachte Kate bitter.

Ihr Unbehagen steigerte sich noch, als Tom plötzlich die Abkürzung zum Flughafen einschlug. Sein sonst so ebenmäßiges Gesicht wirkte plötzlich dunkel und fremd, er musterte sie aus zusammengekniffen Augen, als wüsste er bereits, wie viel Unruhe ihr die Strecke bereitete.

„Nicht da lang!", flehte Kate, aber es war schon zu spät, Tom war bereits von der Hauptstraße abgebogen und in die kleine, unbefestigte

Nebenstraße eingebogen, die die Verbindung zwischen den beiden Ortsteilen herstellte und zum Flughafen führte. Der Wald breitete sich hier zu beiden Seiten der Straße aus und Tom musste das Licht an seinem Wagen einschalten, um in der Dämmerung etwas zu sehen. Nebelschwaden krochen wie niedriger Rauch über die gewölbte Fahrbahn und nahmen ihnen die Sicht. Kate hasste die Strecke, seit sie und Karl an einem vereisten Wintertag hier ins Schleudern geraten waren. Sie waren auf dem Heimweg von einer Party hier abgebogen, da Karl schon ein bisschen etwas getrunken hatte und sie nicht von der Polizei kontrolliert werden wollten. Die schmale Waldstraße war nicht gut ausgebaut. Die meisten Autofahrer mieden die Strecke aufgrund des starken Wildwechsels. Sie galt als Geheimtipp, wenn man nicht von der Polizei kontrolliert werden wollte oder für junge Paare, die im Wald ungestört sein wollten. An jenem Winterabend war die Fahrbahn stark vereist gewesen. Was wie harmloser Raureif ausgesehen hatte, wurde zur beinahe tödlichen Rutschpartie, als plötzlich, wie aus dem Nichts ein

Elch auf der Fahrbahn gestanden hatte. Karl hatte den Wagen gerade noch abbremsen können, aber dann waren sie ins Schleudern geraten und auf die Gegenfahrbahn geschlittert. Es war ein großes Glück, dass kein weiteres Auto zu so später Stunde den Schleichweg benutzte und sie mit dem Schrecken davon kamen.

Seither fuhren weder Kate noch Karl die Abkürzung, auch wenn es bedeutete, dass sie einen Umweg von rund 20 Minuten in Kauf nehmen mussten.

Als Tom jetzt in die enge Kurve fuhr, die ihnen damals zum Verhängnis geworden war, rutschte Kate noch tiefer in ihren Sitz. Ihr Puls raste, und ihre Handflächen wurden feucht. Die Erinnerung saß ihr noch tief in den Knochen und der Nebel, der wie Watte zwischen den Bäumen hing, verstärkte ihre Angst, etwas zu übersehen. Zu Kates Schrecken bog Tom jetzt auch noch in den fast völlig dunklen Waldparkplatz ein und hielt vor dem Schild des Gartenabfall Sammelplatzes.

„Was wollen wir denn hier?", Kates Stimme überschlug sich fast. Sie hatte zu laut und zu schrill gesprochen. Ihre Augen waren vor Angst geweitet.

„Ich will dir was zeigen, komm", lockte er sie mit einem bösen Grinsen und ließ dabei seine Augenbrauen in die Höhe schnellen.

Wenn er allen Ernstes dachte, dass sie hier auf irgendeinem Laubhaufen in der Dämmerung Sex mit ihm hatte, hatte er sich geschnitten, huschte es Kate durch den Kopf. Sie war nicht bereit auszusteigen. Tatsächlich war der Sammelplatz bei Liebespaaren beliebt. Junge Leute trafen sich hier für den schnellen Sex nach einer Disconacht. Kate fand es abstoßend, sich im Laub zu wälzen oder sich nackt auf einer vermoderten Sitzbank einen Span einzuziehen. Sie waren keine 17 mehr und zudem war es viel zu kalt. Was sollte das also?

Tom wartete bereits an ihrer Autotür und hielt diese weit für sie auf. „Jetzt komm schon, wir haben nicht so viel Zeit, es geht auch ganz schnell."

„Ich steige hier nicht aus, ganz egal, was du vorhast!", flüsterte Kate mit zitternder Stimme. „Ich will hier nur so schnell wie möglich weg." Instinktiv hielt sie ihre Handtaschen fest an den Brustkorb gepresst und schlang ihre Arme noch fester um ihren Körper.

„Bitte, für mich. Ich will dir nur schnell etwas zeigen. Ich habe es für dich gemacht, jetzt komm schon. Verdirb mir nicht den Spaß", flehte er mit einem schelmischen Tonfall, dem Kate schließlich nachgab.

Er nahm sie an die Hand und führte sie die Böschung hinauf. Es war schon ziemlich dunkel. Das Licht der untergegangenen Sonne schafften es nicht mehr, durch den dichten Wald. Kate fröstelte und zog ihre Jacke fester um ihren Körper und rieb sich die Arme, die sich schon jetzt klamm und kalt anfühlten. Der feuchte Nebel drang durch den Stoff ihres Pullovers und ihre Jeans fühlte sich steif und eisig an.

Hier war der Ablageplatz für Laub- und Gartenabfälle, Kate kannte die Stelle gut, da sie selber früher ihre Gartenabfälle hier abgeladen hatten. Geschützt von den Bäumen gab es hier eine tiefe Grube, die mit Laub gefüllt wurde und nach und nach kompostierte. Einmal im Jahr hob die Stadt die Grube aus, um den Kompost zu verkaufen oder wenn die Laubhügel zu hoch wurden und drohten abzurutschen.

Kate sah sich in der unheimlichen Umgebung um. Sie hatte wirklich keine Ahnung, was sie hier sollten. Hatte er für sie ein Transparent gemalt? Wurde das ein schräger Heiratsantrag? Sie kannten sich doch erst zwei Tage. Natürlich wollten sie zusammen ein neues Leben in Zürich beginnen. Aber das wäre jetzt wirklich etwas übertrieben und viel zu früh. Kate war sich sicher, dass sie Tom inzwischen gut genug kannte. Er war ein Mann, der nichts dem Zufall überließ und der immer einen guten Plan hatte. Eine schnelle Nummer im Laub passte ebenso wenig zu ihm, wie irgendeine verrückte Aktion auf dem Hügel.

Bevor sie sich noch weitere Gedanken machen konnte, ließ Tom ihre Hand los, und deute mit einer ausladenden Geste auf den Boden.

„Extra für dich, mein Engel!"

Sein Lächeln war so kalt und eisig wie der Nebel, der sie umgab.

Was Kate im dämmrigen Licht, das durch die Bäume fiel, erkennen konnte, ließ ihr den Atem stocken. – Jemand hatte auf dem Hügel ein tiefes Grab ausgehoben!

Kate brauchte einen Moment, um sich zu sammeln. Der Atem stockte ihr, trotzdem fiel ihr auf, dass sie kleine weiße Rauchwölkchen ausstieß, die viel zu schnell aus ihrem Mund strömten.

„Ist das ein makaberer Scherz? Oder was?", fauchte Sie ärgerlich, obwohl sie glaubte, die Antwort schon zu kennen. Bilder fügten sich in ihrem Kopf wie ein Puzzle. Natürlich, es machte alles Sinn. Wie hatte sie nur so verblendet sein können. Sie war eine Frau mit Millionen auf dem Konto und es war so leicht gewesen, sie zu täuschen. So naiv, so einfach. Sie konnte nicht fassen, wie leichtgläubig sie gewesen war. Tränen der Wut und der Angst brannten in ihren Augen. Als sie den Kopf hob, blickte sie in den Lauf einer Pistole. Es überraschte sie nicht.

„Bekomme ich noch einen Abschiedskuss?",
Toms selbstgefälliges Grinsen wurde noch breiter.

„Fick dich!"

Sie schleuderte ihm die Worte entgegen und
blickte hektisch zwischen ihm und der Straße hin und
her. Ihre Chancen waren gleich null.

Toms Lachen wirkte skurril.

„Noch immer mein kleiner Wildfang!", spottete
er, „Respekt, Kate. Nicht jede wäre in dieser Situation
noch so tough und würde mir die Stirn bieten!"

Er machte eine Bewegung mit der Pistole in
Richtung der Grube.

„Reinlegen"

Sein Gesicht war jetzt ernst und hart, seine Augen
wachsam und ohne Gefühl. Kein Mitleid, kein
bisschen Unsicherheit. Leer und kalt starrte er in ihr
Gesicht.

„Bist du völlig verrückt geworden?"

Kate raffte das letzte bisschen Mut zusammen
und schrie ihm die Worte kraftvoll entgegen. Es
schien ihn nicht zu erschrecken.

„Ich wünschte, es gäbe eine andere Lösung, Süße", sagte er abfällig, „aber leider brauche ich einen Vorsprung und das geht nur so."

„Was willst du? Geld? Natürlich, es geht dir ums Geld. Ich habe alle Kreditkarten dabei, du kannst sie haben, ich nenne dir alle Nummern. Es ist nur Geld, Thomas. Oder soll ich dich Matthias nennen? Hörst du, es ist mir egal. Du kannst alles haben. Hol´ es dir. Es macht mir nichts aus."

Ihre Lippen bebten vor Kälte und Wut. Aus ihren Augen sprühte der blanke Hass. So schnell kann das Blatt sich wenden, dachte Kate.

Während das Adrenalin durch ihre Adern rauschte, wie auf einer Schnellautobahn suchte sie nach einem Ausweg. Sie musste ihn hinhalten, eine Lösung finden. Sie konnte ihm all ihr Geld geben, das Bargeld, die Kreditkarten, welche sich direkt per Handy sperren ließen. Sie kramten in ihre Tasche nach dem Geldbeutel und hielt ihn vor sein Gesicht.

„Nimm es!", schrie sie wütend.

Er antwortete mit einem breiten Grinsen, das schließlich zum Lachen anschwoll. Er lachte sie aus. Tom lachte sie tatsächlich aus!

Lachtränen schossen ihm aus den Augen, die er mit dem Handrücken fortwischte und dann wurde er, von einer Sekunde auf die andere, wieder ernst.

„Du hältst mich für ziemlich blöd, oder?", schrie er wütend.

Seine Augen funkelten böse. „Ich sag dir was: Dein Geld hab ich schon lange. Verstehst du? Ich brauche deine Kreditkarten nicht, ich habe sie längst", er wartete, ob bei ihr irgendetwas klingelte, bevor er fortfuhr.

„Unser Zusammenstoß im Café. Weißt du nicht mehr? Es tut mir leid, dass ich dich so fest anrempeln musste, ich bin leider etwas aus der Übung und ich konnte nicht riskieren, dass du merkst, wie ich dir den Geldbeutel entreiße. Das verstehst du doch sicher?" Er legte den Kopf etwas schief und schien auf ihre Zustimmung zu warten, die aber nicht kam. Daher sprach er weiter: „Natürlich habe ich bereits vor der großen Transaktion alle deine Karten kopiert und ausgelesen. Man weiß nie, wann ein Plan scheitert, und was man hat, das hat man. Nicht wahr? Der Rest war ein Kinderspiel." Er blies abfällig in die Luft, um ihr zu zeigen, wie leicht ihm die ganze Aktion gefallen war. Sein einst so schönes und ebenmäßiges Gesicht verzog sich zu einer bösen Fratze.

Er blickte einen Moment auf den Boden, kickte mit dem Fuß einen Ast auf die Seite, dass die Blätter stoben.

"Soll ich dir was sagen? Ein so genialer Plan, wie dieser braucht Zeit. Seit zwei Jahren beobachte ich dich Kate. Es gibt nichts, was ich nicht weiß."

Er drehte den Kopf in ihre Richtung, genoss ihren erschrockenen Blick, bevor er weitersprach:
"Ich weiß, wann du aufstehst, wann du joggen gehst, was du zum Frühstück, Mittag und Abendessen isst, ich weiß, welchen Wein du trinkst. ALLES Kate! Ich kenne deinen Tagesablauf besser als du. Es hat mir übrigens gefallen, wie du das Fernrohr entdeckt hast. War es nicht komisch, dass die Linse immer genau auf dein Badezimmer gerichtete war?" Er lachte ein kurzes Lachen. "Weißt du, wie sehr ich mir gewünscht

habe, du würdest einmal hindurchsehen und mir auf die Schliche kommen? Es macht viel mehr Spaß, wenn man beim Spannen ertappt wird und den Schrecken und die Angst in den Augen des Opfers sieht."

Kate glaubte, ihren Ohren nicht zu trauen. All die Liebe, die sie in den letzten Tagen von Tom bekommen hatte, all die schönen Stunden, das alles hatte er nur gespielt, um an ihr Geld zu kommen? Hatte er wirklich den Zusammenstoß im Café geplant? Oder war es anders gewesen? Hatte er den Geldbeutel gefunden und erst dann gemerkt, was für einen Fisch er da an der Angel hatte? Fragen über Fragen schossen ihr durch den Kopf, aber im Moment wollte sie nur diese eine stellen: „Warum?"

„Warum Tom, vergessen wir das nicht alles? Ich tue so, als wäre das hier nie geschehen. Wir gehen nach Zürich. Ich habe genug Geld für uns Beide. Lass uns fahren und so tun, als wäre das hier nie geschehen. Warum musst du alles zerstören? Bitte lass uns gehen. Ich will auf der Stelle diesen Ort verlassen", sie blickten ihn zärtlich an und versucht so sanft wie möglich mit ihm zu sprechen. Dann wandt sie sich in Zeitlupe zum Gehen. Sie wollte sich umdrehen und den Hügel verlassen, aber sie wusste, dass er auf dieses kleine Spiel nicht reinfallen würde.

„Warte!", seine Stimme hallte wie ein Peitschenhieb durch die Nacht.

Kate war vernünftig genug, nicht weiterzulaufen. Er würde sie eiskalt erschießen, da war sie sich inzwischen sicher. Sie musste mit ihm reden, ihn zur Vernunft bringen. Das war die einzige Chance, die ihr blieb. Wenn er jetzt durchdrehte, war sie verloren. Also ging sie mutig zwei Schritte auf ihn zu.

„Wie sollen wir es also machen?", fragte sie ruhig und versuchte ihre zitternden Arme unter Kontrolle zu bringen. „Was genau ist dein Plan?"

Sein Grinsen schwoll wieder an.

„Nimm mir nicht die Freude, dir die ganze Geschichte zu erzählen, ja? So viel Zeit haben wir noch", er blickte sicherheitshalber auf die Uhr, bevor er weitersprach. Dann kratzte er sich ausgiebig am Hinterkopf, so als müssten sich die Worte erst in seinem Kopf fügen.

„Nun, natürlich weiß ich schon lange, wer du bist. Die gute Lis war gegen ein paar Scheinchen nur zu gerne bereit auszupacken. Sie hatte jede Menge interessante Unterlagen aus Karls Firma kopiert und sie mir überlassen. Dann musste ich nur noch warten. Ich beobachtete Karls Liaison mit Gabby und wusste, dass du nur allzu bereit warst einem Gentleman in die Arme zu laufen, der dich auf Händen trägt. Kate, Katharina, ich will nicht nur ein paar Tausend. Ich will den ganzen Kuchen, und den gibt es nur über dich. Dazu rentierte es sich auch etwas länger zu warten. Und was soll ich sagen. Du bist eine attraktive Frau. Du warst quasi die Kirsche auf dem Kuchen."

Er grinste, ohne zu lachen, dann blickte er erneut auf die Uhr.

„Steig jetzt in das Grab, Kate, ich habe keine Zeit mehr", jetzt hob er die Pistole wieder an und richtete sie genau auf Kates Herz.

„Du bist ja total verrückt, was willst du denn? Du hast doch das Geld. Dann lass mich hier zurück und hau ab. Bis ich hier wegkomme, bist du längst über alle Berge", flehte Kate mit erstickter Stimme und wusste, dass es nichts half. Sie hatte verloren. Er würde nicht mit ihr teilen und er würde sie nicht gehen lassen. Er brauchte sie tod. Niemand würde nach ihr suchen. Sie selbst hatte Karl einen Abschiedsbrief geschrieben und ihm gesagt, dass er nicht nach ihr suchen sollte. Sie würde sich nach einiger Zeit bei ihm melden. Das war ihr Todesurteil und sie selbst hatte es unterschrieben.

„Du weißt, dass ich dich nicht gehen lassen kann, Kate. Solange Karl denkt, du bist abgehauen, wird niemand deine Kreditkartenabrechnungen nachverfolgen. Niemand wird wissen, wo ich bin. Man wird annehmen, dass du deinen Mann verlassen hast und dir ein paar schöne Stunden mit einem anderen gönnst. Keiner fragt, keiner schöpft Verdacht. Hör zu Kate, ich bin kein Mörder. Du setzt dich auf den Rand und lässt dich vorsichtig hinunter. Es sind nicht mehr als 2 oder 3 Meter. Du steigst auf die Blätter und legst dich flach hin. Solange du dich nicht zu viel bewegst, wirst du nicht tiefer rutschen. Du darfst nur keine Panik bekommen, dann brechen die zarten Äste unter dir und du fällst immer tiefer bis auf die Humusschicht. Solange du ruhig hier oben liegst, hast du eine faire Chance. Ich decke dich mit dem restlichen Laub ab. Mit etwas Glück finden dich morgen früh ein paar Wanderer oder Hundebesitzer."

Er zog selbstgefällig die Augenbrauen in die Höhe, als wäre seine Idee die perfekte Lösung. Tatsächlich schien er von der Durchführung überzeugt ohne die geringsten Zweifel.

„Du weißt, dass ich keine Chance habe, Tom. Ich werde erfrieren und das weißt du!", sagte Kate mit brüchiger Stimme und sah ihn flehend an. Das konnte doch nicht sein Ernst sein?

„Ich weiß nur, dass ich dich nicht getötet habe, alles andere liegt nicht in meiner Hand. Steig jetzt in die Grube", herrschte er sie an, während er die Pistole auf ihren Kopf richtete.

In einiger Entfernung wurden Scheinwerfer sichtbar. Ein Auto näherte sich auf der nahe gelegenen Straße. Tom wurde unruhig und ärgerlich. Sie konnte deutlich sehen, wie sich seine Gesichtsmuskeln anspannten.

„Runter mit dir, knie dich hin!"

Jetzt nicht weinen, dachte Kate. Mach was. Los, lass dir was einfallen. Rede mit ihm, halte ihn hin. Langsam in Zeitlupe ging sie auf die Knie, wie er es von ihr verlangt hatte. Ihr Kopf rotierte. Irgendetwas musste ihr doch einfallen? Die Blätter unter ihrem Knien waren feucht. Kälte und Feuchtigkeit drangen durch den Stoff ihrer Jeans. Sie hatte für den Flug ein knitterfreies Outfit aus einer Jeans, hohen Stiefeln und einer cognacfarbenen Lederjacke gewählt, die die gleiche Farbe wie ihre Stiefel und die dazu passende Handtasche hatten. Sie dachte an ihre Mutter, die ihr schon als Kind beigebracht hatte, dass Schuhe und Tasche aus dem gleichen Leder sein mussten. Komisch dass ihr das gerade jetzt durch den Kopf ging. Wann hatte es zum letzten Mal geregnet? Kate konnte sich nicht erinnern. Trotzdem war der Boden vom Nebel feucht und die Erde nass. Ihre Kleidung würde sich innerhalb von Minuten vollsaugen und das kalte Leder würde keine Wärme spenden. Nicht gerade die passende Garderobe, um eine Nacht im Wald zu verbringen.

Das Auto fuhr sehr langsam und hatte den Waldparkplatz fast erreicht. Kate rechnete sich ihre Chancen aus, die leider gleich null waren. Winken brachte nichts, es war bereits zu dunkel. Auch rufen hatte keine Aussicht auf Erfolg, der Autofahrer würde sie sicher nicht hören können. Es war sogar fraglich, ob er den Schuss aus einer Pistole hören würde, dachte Kate.

Als der Wagen fast auf ihrer Höhe war sprang Tom blitzschnell hinter einen Baum. Für den Bruchteil einer Sekunde hatten ihn die Scheinwerfer erfasst, dann war er ins Dunkel des Waldes abgetaucht. Kate drehte sich nach ihm um, im nächsten Moment spürte sie einen harten Schlag auf den Kopf, dann wurde es um sie Nacht und sie fiel kopfüber in das tiefe Grab.

Kapitel 10 – Paris

Gabby lag auf dem Bett und blätterte gelangweilt in einer Zeitung. Während sie mit den grellpinken Pumps an ihren Füßen auf und ab wedelte, rutschte der knappe Rock ihres hautengen Minikleides immer weiter nach oben und bedeckte ihren üppigen, wohlgeformten Hintern nur noch zur Hälfte. Früher hatte Karl dieser Anblick erregt, heute nervte es ihn nur noch.

„Wann gehen wir endlich shoppen?", quengelte Gabby jetzt schon zum fünften Mal und Karl ging allmählich die Geduld aus. Er stand neben dem Bett und wählte wieder und wieder die Nummer von Kates Handy und von seinem privaten Festnetzanschluss. Aber niemand hob ab.

„Wir gehen, wenn ich Zuhause jemand erreicht habe", fuhr Karl sie an. „Seit zwei Tagen geht Kate weder an ihr Handy noch an den Festanschluss. Da stimmt etwas nicht. Kate geht nie aus, und sie geht auch an ihr Handy, wenn ich anrufe. Wenn ich in fünf Minuten niemand erreicht habe, reisen wir ab!", sagte er mit fester Stimme und knalle den Hörer auf die Gabel des altmodischen Telefons.

„Das wagst du nicht!", schrie Gabby mit Tränen in den Augen, ihre grellpinken Lippen verzogen sich zu einem Schmollmund. „Du weißt, wie lange ich mich auf Paris gefreut habe, du hast mir ein neues Kleid versprochen und Schuhe aus Paris! Und das machst du mir jetzt nicht kaputt!"

Sie rollte sich auf den Rücken und zog eine Schnute. Eine Strähne ihrer langen blonden Haare um den Zeigefinger gewickelt schenkte sie ihm einen Augenaufschlag, der filmreif war. Das hatte bisher immer geklappt. Heute ließ sich Karl weder von ihrem Dackelblick noch von den Tränen unter den langen falschen Wimpern einwickeln.

„Schuhe, Schuhe, Schuhe....wie viele brauchst du denn davon? Du hast nur zwei Füße! Und alle sind sie pink. Findest du nicht, dass du genug davon hast?", schrie jetzt Karl und zeigte auf die Reihe von zehn Paar Pumps, die vor dem Schrank aufgereiht standen. Sie alle waren pink. Manchen hatten Schleifen, waren vorne offen, andere waren vorne geschlossen, dafür an der Ferse offen. Sie hatten Riemchen, Glitzer oder waren schlicht, für jeden Anlass schien etwas dabei zu sein.

„Das ist nicht fair!", schrie Gabby, die jetzt von Bett auf gestanden war und unruhig im Raum umherging. „Wir sind in Paris und ich will was erleben. Du hast es versprochen. Und das wirst du auch halten." Zu Untermalung ihrer Worte stampfte Gaby auf wie ein Kleinkind. Ihre goldenen Locken kamen dabei in Wallung und wippen wild auf und ab.

Ohne sie zu beachten, griff Karl zum Telefon und wählte die Nummer der Rezeption.

„Hallo? Ja, wann geht bitte der nächste Flug nach München? Ah ja? Und früher? Oh? Das wird knapp, aber den nehmen wir. Bitte buchen Sie uns zwei Plätze und bestellen ein Taxi. Ich bin in 30 Minuten unten."

Zu Gabby gewandt sagte er: „Du hast 30 Minuten, pack deinen Koffer oder du kannst den Rückflug selber bezahlen."

Sein Gesicht zeigte keinerlei Regung. Dann ging er los und packte. Gabbys Aufstand beachtete er nicht im Geringsten. Alles an ihr war billig. Sie nervte ihn plötzlich nur noch. Die pinkfarbenen Kleider, die hochhackigen Schuhe, das viel zu dick aufgetragenen Make-up, ihre künstliche Bräune, die Fingernägel aus Plastik. Plötzlich wurde ihm bewusst, wie andere Frauen sie sehen mussten. Sie sah aus wie eine Prostituierte. Und keine, von der gehobenen Klasse. Es wurde ihm klar, warum Geschäftsfreunde ihn immer seltener einluden. Und vor allem wurde ihm klar, was er Katharina die ganze Zeit angetan hatte. Er war wirklich ein alter Esel. Seine geliebte Kate. Sie war wunderschön. Seine Frau brauchte kein Make-up. Das Joggen und die Gartenarbeit, die sie noch immer selber erledigte, hatten ihr eine ganz natürliche Bräune verliehen. Sie hatte wunderschönes kastanienbraunes Haar, das noch nie künstlich gefärbt worden war. Plötzlich sah er Kate in einem ganz anderen Licht. Er hatte keine Ahnung, warum er so verblendet gewesen war, sich in ein Abenteuer mit der aus Silikon und Plastik bestehenden Gabby zu stürzen, die so dumm war wie ein Eimer Sand, während zuhause seine bezaubernde Frau auf ihn wartete. Katharina hatte einen Doktortitel, sie war nicht nur schön, sondern auch intelligent. Er erinnerte sich mit einem Lächeln daran, wie sie sich kennengelernt hatten, auf einer Studenten Party, auf der Kate alle Männer im Schachspiel besiegt hatte und sie anschließend der Reihe nach unter den Tisch getrunken hatte. Kate war die perfekte Mischung aus Kumpel und Traumfrau. Und er war ein Vollidiot!

Tatsächlich brauchte Karl nur 10 Minuten, um alle seine Sachen in den Koffer zu werfen. Seine sauber gebügelten Hemden legte er jetzt achtlos zusammen. Normalerweise packte Kate den Koffer für ihn, wenn er auf Geschäftsreise ging. Im Hotel ließ er seine Sachen stets von den Zimmermädchen auspacken und die verknitterten Teile in der hauseigenen Wäscherei aufbügeln. Während er bereits im Bad alle Kosmetikartikel in den großen Waschbeutel legte, hörte er noch immer Gabbys Protest. Es war ihm erschreckend egal. Er hatte keine Lust auf Diskussionen. Kate brauchte Hilfe, vielleicht lag sie ohnmächtig im Haus? Oder hatte sie einen Unfall gehabt? Er mochte sich gar nicht vorstellen, was alles passiert sein konnte. Sein Magen zog sich schmerzhaft zusammen, als er daran dachte. Er wollte nur eins: auf dem schnellsten Weg nach Hause.

Schließlich hatte er alle Sachen gepackt und in den großen Koffer geschlichtet. Ohne auf Gabby zu warten, die noch immer vor der Reihe ihrer Schuhe stand und nicht wusste, welche sie anziehen wollte, ging er hinunter in die Halle.

„Du hast noch 10 Minuten, dann fahre ich ohne dich", sagte er streng, bevor er die Tür hinter sich ins Schloss fallen ließ.

Erstaunlicherweise erschien Gabby 10 Minuten später in der Halle. Sie trug eine Jeans und sah verheult aus. Es störte ihn nicht weiter. Ihre Haare standen ungewöhnlich vom Kopf ab. Offensichtlich hatte sie sich das Kleid so wütend vom Körper gezerrt, dass es ihre Frisur zerstört hatte. Karl zahlte das Zimmer und ließ sich die Daten für den Flug ausdrucken, dann kam bereits ihr Taxi.

Auf dem Weg zum Flughafen sprachen die beiden kein Wort. Gabby machte keine Versuche ihr Make-up oder ihre Frisur zu richten und das, obwohl sie es sonst keine fünf Minuten aushielt, ohne in den Spiegel zu sehen. Alle sollten sehen: Seht her, mein böser Freund lässt mich so rumlaufen. Sie trug ihr verheultes Gesicht trotzig zur Schau. Karl kannte sie gut genug, um zu wissen, dass die Tränen nicht ihm galten, sondern dem Geld und den schönen Kleidern und Geschenken, die sie jetzt alle nicht bekommen würde.

Nach dem sie den Check-in passiert hatten, schickte er sie trotzdem in einen Waschraum und drohte damit ihr Ticket einzutauschen und den Erlös einem Kind in Afrika zu spenden, wenn sie sich nicht vernünftig zeigte. Das zog, und Gabby folgte. Das nächste Theater zeichnete sich ab, als sie zum Boarding aufgerufen wurden. Sie hatten Sitzplätze in der Reihe 10 und Gabby wurde schlagartig klar, dass es sich hierbei nicht um die First class handelte.

„Nicht einmal mehr Erste Klasse bin ich dir wert", sagte sie voller Verachtung, während sie sich in einen der engen Sitze der Economy class zwängte.

„Du siehst doch, dass nichts anderes mehr frei war", zischte Karl.

„Dann hätte man eben einen späteren Flug nehmen müssen und nicht so eine Hauruck-Aktion", meckerte Gabby.

Ab da sprachen sie nicht mehr miteinander. Gabby blickte aus dem Fenster und würdigte Karl während des ganzen Fluges keines Blickes. Als die Stewardess die Getränke brachte, bestellte Karl für sie beide Orangensaft.

„Früher gab es Champagner", sagte Gabby und stellte den Saft zurück auf Karls Tablett.

„Dann bestell dir einen, wenn du das Geld dazu hast", entgegnete Karl wütend. Ihr Anspruchsdenken ging ihm langsam gehörig auf den Zeiger.
Er wartete darauf, dass der Saft auf seiner Hose oder seinem Gesicht landetet. Zu seiner großen Überraschung trank ihn Gabby aber einfach. Sie musste auch wirklich ausgehungert sein. Schließlich hatten sie seit dem Frühstück nichts mehr gegessen. Der weitere Flug verlief ruhig und auch ohne Turbulenzen. Gabby starrt zum Fenster raus und Karl hatte sich die Tageszeitung geschnappt. So saßen sie schweigend und jeder in seine Gedanken versunken

nebeneinander. Die Maschine landete planmäßig und Karl atmete auf, als sie endlich wieder festen Boden unter den Füßen hatten. Eigentlich hatte er keine Angst vor dem Fliegen, aber jetzt wollte er nur noch so schnell wie möglich das Flugzeug verlassen und nach Hause fahren.

Es schien eine Ewigkeit zu dauern, bis der Pilot an der Parkposition ankam und auch die anderen Fluggäste schienen Karls Eile nicht zu teilen und ließen sich ausreichend Zeit um ihre Jacken aus den Gepäckfächern über ihren Köpfen zu nehmen und die Maschine endlich zu verlassen. Auch Gabby saß noch immer auf ihrem Platz. Karl griff in das Gepäckfach und holte ihren roséfarbenen Trenchcoat heraus, um ihn ihr zu reichen. Ebenfalls ein Geschenk von ihm. Er fand, dass Gabby zu all dem Pink einen kleinen Kontrast brauchte und hatte deshalb bewusst eine pastellige Farbe gewählt. Natürlich war er glatt von Gabby angemeckert worden, dass er zu hell sei. Inzwischen trug sie ihn aber mit Stolz, seit sie wusste, was das gute Stück gekostet hatte. Er hoffte sie zu versöhnen, als er ihr in den Mantel half, biss aber auf Granit.

Endlich konnten sie die Maschine verlassen, der Weg bis zur Gepäckausgabe erschien ihm endlos und dann sollte auch noch die Wartezeit auf seinen Koffer zur Geduldsprobe zu werden. Als sie die Halle betraten, drehten sich bereits einige Koffer im Kreis. Allen voran Gabbys pinkfarbenes Monster. Der Koffer war so groß, dass eine vierköpfige Familie bequem damit umziehen konnte, scherzte Karl gerne. Heute war ihm nicht danach. Er wuchtete das Ungetüm vom Band und wartete auf Gabby, die mal wieder keine Anstalten machten einen Kofferwagen zu holen. Da sein Gepäck noch nicht zu sehen war, zog Karl los und erstand für zwei Euro einen Kofferwagen, auf den er Gabbys Koffer auflud, um erneut ungeduldig nach seinem Gepäck Ausschau zu halten. Es war wirklich wie verhext. Wenn man es eilig hatte, dann ging alles extra langsam. Wie erwartet war Karls Koffer unter den letzten Gepäckstücken. Die Halle war schon nahezu leer, am Band nebenan standen bereits die Fluggäste aus London an, die ebenfalls auf

ihr Gepäck warteten, als Karl endlich seinen Koffer
entdeckte. Er war fast sicher, dass sich auch noch der
Zoll für sie interessieren würde, aber wie durch ein
Wunder ließen sie ihn, Gabby und das Koffermonster
passieren.

Karl schob den Wagen jetzt umso schneller aus der
Halle. Gabby konnte ihm in den hohen Absätzen
kaum folgen und protestierte heftig, was erneut zum
Streit führte.

   „Warum trägst du so hohe Hacken, wenn du
damit nicht laufen kannst?", schimpfte er in ihre
Richtung, während Gabby versuchte, ihn einzuholen
und ihre Tasche festzuhalten, die ihr ständig von der
Schulter rutschte.

Er hatte ihr angeboten, die Tasche auf den Wagen zu
legen, was sie nicht wollte, da es ein Accessoire war,
das nur an ihr gut aussah und nicht auf dem Wagen.
Karl hatte echt keinen Nerv für ihre Kindereien. Ohne
auf sie zu warten stürmte er aus der Halle und
stoppte vor einem Taxi. Er wuchtete Gabbys Koffer in
den Kofferraum, nannte dem Fahrer eine Adresse und

bezahlte im Voraus. Im Vorbeigehen drückte er Gabby einen Kuss auf die Wange.

„Ich ruf dich an", sagte er.

Aber Gabby wusste, dass er es nicht tat. Es war das Ende. Das wusste selbst Gabby. Alles an Karl hatte eine eindeutige Sprache gesprochen. Er liebte Katharina und er hatte nie vorgehabt, seine Frau zu verlassen. Er hatte sie immer nur hingehalten. Jetzt, in der Stunde der Sorge um seine Frau, hatte Karl sich keine Mühe mehr gegeben, seine wahren Gefühle zu verbergen.

Endlich im Parkhaus zahlte Karl ungeduldig den Parkschein und rannte im Stechschritt zu seinem Wagen, der auf dem obersten Parkdeck für Langzeitparker stand. Schnell legte er sein Gepäck in den Kofferraum und verzichtete auf die Rückgabe des Gepäckwagens, es kostete ihn zu viel Zeit und die zwei Euro reuten ihn nicht. Er musste zu seiner Frau, das war viel wichtiger. Draußen war es bereits dunkel, die neuen Xenon Scheinwerfer rentierten sich, dachte Karl zufrieden, als er endlich den Motor startete. Er fuhr ungeduldig die Ausfahrt hinunter und passierte die Schranke. Mit einem unguten Gefühl hielt er auf die Ampel der Schnellstraße zu. Er hatte den Wagen erst seit wenigen Wochen und war jetzt froh über das neue Gefährt, das über allerhand Sicherheitsfunktionen verfügte. Neu war auch eine Infrarotkamera, die Menschen und Tiere auf der Fahrbahn sofort erkannte und im gleißenden Weiß auf den Monitor projizierte. Es sollte gewährleisten, dass man bei Wildwechsel früher gewarnt wurde. Ausgestattet mit der neuen Technik, traute sich Karl, die verhasste Strecke durch den Wald zu nehmen. Es blieb ihm keine Wahl. Er hatte es eilig und die Abkürzung über die schmale Straße würde ihm gut und gerne 20 Minuten Zeit sparen. Er musste es einfach wagen. Selbst wenn er langsam fuhr, wäre er noch immer früher zuhause, als über die Umgehungsstraße. Also schlug er den Lenker ein und folgten dem schmalen Pfad durch den Forst.

Im Wald war es wesentlich dämmriger als auf den gut beleuchteten Straßen in der Umgebung des

Flughafens. Karl schaltete die Scheinwerfer an, brauchte aber trotzdem einen Augenblick, um sich an die Dunkelheit und den aufsteigenden Nebel zu gewöhnen. Die Infrarotkamera beruhigte ihn. Er sah einen Hasen am Wegesrand sitzen und weiter hinten etwas kleines, vielleicht eine Maus? Mit dem bloßen Auge nicht zu erfassen. Langsam wurde er ruhiger. Er fuhr langsam und näherte sich bremsbereit den ausladenden Kurven hinter welchen immer wieder plötzlich Rehe oder Elche auftauchen konnten und über die Fahrbahn liefen. Heute schien es ungewöhnlich ruhig. Er konnte keine weiteren Tiere ausmachen, bis er plötzlich in der Entfernung etwas Großes sah. Die Infrarotkamera hatte etwas entdeckt. Es handelte sich zweifellos um zwei Personen. Einen Mann und eine Frau, da war er sich ganz sicher. Die Frau kniete auf dem Boden und hatte den Blick hochgerichtet zu dem Mann, der seine beiden Arme in ihre Richtung streckte. Karl brauchte einen Moment um das Bild zu bergreifen, das sich ihm bot. Es sah aus wie eine Hinrichtung. Bilder aus einem alten Fernsehkrimi kamen in ihm hoch. Konnte das sein? Er

141

versuchte, in den Wald zu spähen, konnte aber nichts erkennen. Als er erneut auf die Kamera blickte, war der Mann verschwunden. Er sah nur noch einen Arm hinter einem Baum hervorblitzen, die Frau kniete noch immer auf dem Boden und blickte jetzt in seine Richtung.

Nach einer Schrecksekunde gab Karl Gas. Nicht so viel dass die Reifen quietschten, aber genug, um schnell zu verschwinden. Was er gesehen hatte, war kein normales Liebespaar, da war er sich sicher. Hier war ein Verbrechen im Gange.

Es dauerte noch eine Weile, bis Karl einen Plan gefasst hatte. Er wählte auf seinem Handy die Nummer der Auskunft und ließ sich mit der örtlichen Polizeistation verbinden.

Es knackte ein paarmal in der Leitung. Das Tuten kam ihm endlos vor. Endlich hob jemand ab und Karl gab in kurzen Sätzen seine Beobachtung wieder und nannte seine Position. Der Wachtmeister am anderen Ende lauschte stumm seiner Erzählung. Karl, der über die Freisprechanlage telefonierte, versuchte, während er weiterfuhr, seine Beobachtung so exakt wie möglich zu konkretisieren, da der Polizist offensichtlich nicht besonders überrascht war, von Karls Aussage.

„Wo sagen Sie, war das? Am Sammelplatz für Gartenabfälle? Und Sie sind sicher, dass es nicht nur ein Liebespaar war?", fragte der Wachtmeister jetzt belustigt.

„Ich weiß, was Sie denken. Ja, da treffen sich auch mal junge Leute. Aber um diese Jahreszeit? Im Nebel? Es ist bitterkalt und es wird vermutlich gleich anfangen zu regnen. Denken Sie nicht, die wären im Auto geblieben?", fragte Karl etwas genervt.

„Gut, wir fahren vorbei und sehen uns die Sache mal an. Danke für Ihre Meldung."

Der Wachtmeister hatte bereits aufgelegt. Karl war sich nicht sicher, ob der Mann ihn für voll nahm, aber mehr konnte er nicht machen. Er hatte seine Bürgerpflicht erfüllt und seine Beobachtung gemeldet. Vielleicht war er wirklich hysterisch? Vielleicht hatte ihn die Sorge um Kate die Situation falsch einschätzen lassen. Seit Stunden konnte er an nichts anderes denken, als daran, was Kate alles zugestoßen sein könnte. Als er in die dunkle Einfahrt seiner Garage einbog, erfasste ihn erneut eine dunkle Vorahnung und es blieb ihm nichts, als zu hoffen, dass nicht wirklich etwas Schlimmes passiert war.

Im Haus selber war es ruhig. Karl hatte das Haus über den Zugang durch die Garage betreten und lief jetzt durch alle Räume. Es war sinnlos nach Kate zu rufen, da nirgendwo Licht brannte. Er tat es trotzdem. Schließlich kam er über die große Treppe zurück zum Wohnzimmer, und da sah er ihn - den Brief.

Es war nicht schwer zu erraten, dass es ein Abschiedsbrief war. Das großformatige Kuvert lehnte an der Schale, in der sie ihre Schlüssel aufbewahrten. In Kates sauberer Handschrift stand sein Name auf dem Kuvert, fein mit einer geschwungenen Linie unterstrichen, wie sie es sonst an seinem Geburtstag immer machte. Jetzt wusste er auch, was ihm gerade oben im Bad und im Schlafzimmer aufgefallen war. Kates Sachen waren weg. Sie hatte ihn verlassen. Endgültig. Und er konnte es ihr nicht verdenken.

Völlig erledigt ließ Karl sich in den großen Sessel fallen, um direkt wieder aufzustehen. Er griff nach der Flasche mit dem Whiskey, der immer für ihn auf dem Sideboard bereitstand. Kate kaufte stets eine Flasche seiner Lieblingsmarke, stellte Wasser und Gläser bereit, damit er sich nach einem langen Arbeitstag einen Drink mixen konnte. Selbst den Eisbehälter hatte sie aufgefüllt. Sie konnte also noch nicht lange weg sein.

Er schenkte sich einen Schluck ein, einen doppelten, fischte dann nach dem Brief, den er eine Weile in seinen Händen hielt und hin und her drehte, bis er schließlich den Mut fand, das Kuvert zu öffnen.

Mein lieber Karl,

wie lange sind wir jetzt verheiratet? Ich wette, du weißt es nicht! Ich leider schon. All die Jahre habe ich gewartet, dass du zu mir zurückfindest. Ich wäre dir gerne eine Familie gewesen und ich hätte dir gerne das Kind geboren, das einmal dein Erbe sein wird, aber es sollte wohl nicht sein. Ich weiß nicht, warum deine Geduld nicht gereicht hat, uns die Zeit zu geben und ich weiß nicht, warum es dich immer wieder in die Arme anderer Frauen getrieben hat. Aber auch ich bin jung Karl und für mich ist es noch nicht zu spät, noch einmal von vorne anzufangen.

Wenn du diese Zeilen liest, bin ich bereits in Zürich, wo ich mir eine neue Existenz aufbauen möchte. Ich kann als Wissenschaftlerin in der Biochemie neu durchstarten, dazu brauche ich aber einen neuen Ort, ein neues Umfeld und die Schweiz war schon immer meine Wahlheimat, wie du weißt. Suche nicht nach mir Karl, ich werde mich zu gegebener Zeit bei dir melden. Mein Anwalt wird das tun.

Es versteht sich von selbst, dass ich deinen feudalen Lebenswandel nicht weiter finanzieren kann. Du hast das Geld meines Vaters ganz selbstverständlich mit anderen Frauen verprasst, ein Umstand, den ich bis heute vor ihm geheim gehalten habe. Karl, ich habe dich immer gedeckt, all deine Eskapaden, deine hohen Schulden und dein unangemessenes Verhalten. Nie habe ich dir eine Szene gemacht, nicht einmal als du die Brustoperation deiner Geliebten von meinem Geld bezahlt hast. Halte mich nicht

für dumm Karl, ich habe es immer gewusst und du
wusstest das auch.

Ich habe mir erlaubt, mein Geld aus der Firma zu
nehmen und meine Anteile einem Treuhänder
überschrieben. Es ist mir egal, was damit passiert. Wenn du
schnell bist, kannst du sie selber wieder erwerben, aber
dazu fehlt dir vermutlich das passende Kleingeld. Vielleicht
gibt dir ja jemand Kredit?

Ich will keinen Rosenkrieg Karl, dazu fehlen dir
sowieso die Mittel. Ich bin bereit, die Sache diskret und
ohne großes Aufsehen durchzuziehen. Sei nicht so dumm
und häng es an die große Glocke, du kannst dabei nur
verlieren. Wenn dir noch irgendjemand Geld leihen soll,
dann sei klug und bleibe mit mir bei der Version, dass ich
eine tolle Stelle in der Schweiz bekommen habe und wir uns
auseinandergelebt haben.

Du hörst von meinem Anwalt.
Bis dahin,
Gruß Katherina

Karl las den Brief wieder und wieder, er sah die

Worte, aber es wollte sich kein Sinn in ihnen ergeben. Langsam durch den Schleier seiner Tränen erfasste ihn die Erkenntnis, dass er seine Frau verloren hatte. Sie war gegangen und er war schuld. Weil er ein alter Esel war.

Kapitel 11 – Unter Verdacht

Als es an der Tür klingelte erfasste Karl für einen Moment die Hoffnung, dass Kate zurückgekommen war. Durch den Glaseinsatz in der Tür und dank des Bewegungsmelders, der das Flutlicht einschaltete, sah er jedoch, dass es sich um die Polizei handelte. Etwas genervt öffnete er die Tür.

„Herr Dr. Römer? Sie haben heute Abend einen Überfall im Wald gemeldet, ist das richtig?"

„Ja", antwortete Karl etwas unsicher. „Haben Sie denn etwas gefunden?"

„Das kann man so sagen", erwiderte der Kriminalbeamte, der sich als Oberkommissar Geiger vorstellte und seinen Ausweis in Karls Gesicht hielt.

„Wir haben Ihre Frau gefunden, Herr Dr. Römer und Sie können von Glück sagen, wenn sie durchkommt. Bitte packen Sie ein paar Sachen, Sie sind vorläufig festgenommen und stehen im dringenden Tatverdacht Ihre Frau lebendig im Wald begraben zu haben."

„Was?", Karl war sich sicher, dass es sich um eine Verwechslung handeln musste, alles drehte sich um ihn, ihm wurde schlagartig schlecht. Völlig benommen wankte er zurück zu seinem Sessel, wobei er die Haustür weit offen stehen ließ.

Die Beamten folgten ihn und sahen zu, wie er sich einen weiteren doppelten Whisky einschenkte.

„Das ist völlig unmöglich", stammelte Karl und reichte dem Beamten den Brief. „Das kann nicht sein. Meine Frau hat mich verlassen, sie ist in Zürich, sehen sie selbst."

Oberkommissar Hartmut Geier las sich den Brief zweimal durch, dann verlangte er nach einem Beutel. „Das nenne ich mal ein Motiv", sagte er langsam und ließ eine Augenbraue in die Höhe schnellen.

Es dauerte einen Moment, bis die Worte in Karls Kopf Gestalt angenommen hatten. Während ein junger Beamter den Brief in einen Gefrierbeutel packte und ihn dabei argwöhnisch musterte.

„Was ist mit meiner Frau? Das kann doch unmöglich Katharina sein, ich meine die Frau im

Wald?", seine Stimme brach, Tränen bahnten sich den Weg und liefen ihm die Wange hinab.

„Sparen Sie sich die Schmierenkomödie. Ihre Frau hat schwere Unterkühlungen und eine Gehirnerschütterung und sie selbst haben sie da hingebracht und in die Grube gestoßen. Also machen Sie jetzt kein Theater, das hat doch alles keinen Sinn mehr.", sagte der Inspektor streng.

„Das meinen Sie doch nicht ernst?", fragte Karl voller Panik. „Ich bin doch eben erst aus Paris zurückgekommen. Das können Sie auch gerne nachprüfen." Er reichte ihm das Ticket aus seiner Jackentasche.

„Herr Dr. Römer, Sie waren zur Tatzeit am Tatort! Und Sie haben selbstständig die Polizei angerufen. Das kommt nicht selten vor, dass der Täter plötzlich Skrupel bekommt und sich selber anzeigt. Sie hatten genügend Zeit, um nach der Landung ihre Frau anzurufen, und in den Wald zu locken. Wir haben bereits Ihre Anrufe überprüft. Geben Sie zu, heute Abend mehrfach Ihre Frau angerufen zu haben?"

„Ja, aber das war doch nur, weil ich niemand erreicht habe", versuchte Karl, sich schwach zu verteidigen. Er schlug die Hände vor sein Gesicht, Tränen strömten über seine Wangen und ihm war schlecht. Das konnte doch alles nur ein schlechter Traum sein.

„Aus diesem Brief geht eindeutig hervor, dass Ihre Frau Sie verlassen wollte, sie hätte Ihnen den Geldhahn zugedreht und Ihre Firma ruiniert, das konnten Sie natürlich nicht zulassen. Glauben Sie mir, ich habe schon schwächere Motive für einen Mord gesehen", sagte der Oberkommissar unbeeindruckt.

In Karls Kopf drehte sich alles. Das war der schlimmste Albtraum seines Lebens. Wie wahrscheinlich war es, dass er ausgerechnet das Verbrechen an Katharina beobachtet hatte? Und wer um Himmelswillen, hatte seine Frau im Wald begraben? Lag es am Alkohol, oder an der Ungeheuerlichkeit und dem Ausmaß der ganzen Geschichte, aber Karl konnte einfach keinen klaren Gedanken fassen, der eine sinnvolle Erklärung lieferte. Kalter Schweiß sammelte sich auf seiner Stirn und im Nacken, lief ihm in den Kragen und den Rücken hinunter.

„Ich komme selbstverständlich mit, um diesen Irrtum so schnell wie möglich aufzuklären. Ich kann mir nicht vorstellen, wer meiner Frau so etwas antut. Kate ist ein wundervoller Mensch, alle lieben sie", sagte er und fuchtelte wild mit den Armen. Es war wohl eher ein hilfloses Rudern, dass ihn aber keinen Schritt weiter brachte. Resigniert und begleitet von zwei jungen Beamten, ging er schließlich nach oben, um seine Tasche zu packen. Vermutlich war es das Beste, den Beamten zu folgen, um möglichst schnell zur Aufklärung des Verbrechens beizutragen. Kate, seine geliebte Kate war in Gefahr und er war nicht bei ihr gewesen. Er hätte sie beschützen müssen. Es war seiner Dummheit und seinem Egoismus zu verdanken, dass sie in diese Situation geraten war. Sollte ihr etwas passieren, würde er sich das nie verzeihen. Nie!

Karls Tasche war schnell gepackt, die unordentlich in den Koffer geworfenen Hemden schlichtete er jetzt in eine einfache Reisetasche, sein

Waschbeutel war fertig gepackt und musste nur aus dem Koffer genommen werden. Er wählte ein paar einfache Sportschuhe und einen frischen Pyjama, dann war er bereit.

Das Polizeiauto stand bereits vor der Tür. Es war entwürdigend von zwei Beamten abgeführt zu werden, von denen einer ihm jetzt die Hand auf den Scheitel legte, um ihn ins Auto zu drücken. Karl hatte das schon oft im Film gesehen, dass sie es in der Wirklichkeit auch so machten, verwirrte ihn ein wenig. Er war durchaus kooperativ und war von alleine eingestiegen. Es war also nicht nötig, ihn zu behandeln wie einen Schwerverbrecher, dachte er gedemütigt und müde.

Der Wagen fuhr langsam an, im Funk hörte Karl verschiedene Durchsagen, die er aber nicht verstand. Es war ihm ein Rätsel, wie sich Menschen heutzutage noch über Funk unterhalten konnten, wo man nichts als Kratzen und Rauschen hörte und sowieso nicht verstand, was der andere sagte. Das Handy war da doch eindeutig die bequemere Methode des Informationsaustausches.

Sie fuhren jetzt im Schritttempo die Spielstraße entlang. Karl fragte sich, wie viele seiner Nachbarn hinter den Gardinen standen und sich das Maul über ihn zerrissen. Er kannte keinen von ihnen, sie interessierten ihn nicht. Aber er war sich sicher, dass sie ihn kannten. Den Mann mit dem größten und modernsten Haus in der ganzen Siedlung, den Mann mit der schönsten Frau, beide Doktoren. Das lieferte Gesprächsstoff, da war er sich sicher und alle kannten Kate. Die fröhliche junge Frau, die jeden Morgen an ihren Fenstern vorbei joggte.

Sie hatten gerade das Stadtviertel verlassen und fuhren ein Stück auf der Umgehungsstraße, als Oberkommissar einen Anruf erhielt. Also doch Handy, dachte Karl, als sich der Kommissar zu ihm umdrehte: „Das war das Krankenhaus, Ihre Frau ist aufgewacht, sie will Sie sehen!"

Kapitel 12 — Auf der Flucht

Tom lag noch immer gut in der Zeit. Er konnte sich in aller Ruhe das Geschehen an den Check-in Schaltern ansehen. Am mittleren Schalter saß ein junges Mädchen, offensichtlich wurde sie gerade eingearbeitet, die Supervisorin stand neben ihr und schimpfte erneut, da sie eine Buchung falsch eingegeben hatte. Die Reisegäste in der Schlange erfassten bald die Situation und wechselten zu einem anderen Schalter. Das Mädchen wurde zusehends hektisch und hatte bereits ein hochrotes Gesicht. Tom wartete einen Moment, tatsächlich hatte er Glück. Einige Schalter weiter brach ein Tumult aus, weil ein Ehepaar mit Baby nicht in der ersten Reihe gebucht worden war und keine Babyschale zur Verfügung stand. Die Supervisorin spurtete zum betreffenden Schalter und versuchte sich im Troubleshooting, während sie gleichzeitig in ihr Handy und das Funkgerät sprach. Das war seine Chance. Tom stellte sich in die Reihe und kam zügig dran. Ein weiterer Zufall sollte ihm in die Karten spielen. Eine einzelne

Dame ohne Gepäck trat ebenfalls hinter ihn an den Schalter. Mit etwas Glück, hielt das Mädchen die Frau für seine Begleitung und machte keine Schwierigkeiten. Bis ihr das Missgeschick auffiel, war er sicher über alle Berge. Als Tom an der Reihe war, legte er die beiden Tickets, sowie seinen und Kates Ausweis auf den Tresen, außerdem stellte er ihre Koffer auf das Gepäckband. Das Mädchen prüfte die Ausweise, sah kurz in sein Gesicht, dann verglich sie die Frau in der Reihe mit Kates Foto und stockte einen Moment.

„Sie reisen zusammen?", fragte sie jetzt die Dame hinter Tom, die abwehrend den Kopf schüttelte.

„Sie können leider nur persönlich einchecken, wenn ihre Begleitung nicht da ist, kann ich nur Ihren Koffer einchecken", sagte das Mädchen jetzt bedauernd und schien froh zu sein, dass sie sich diesmal sicher war, was sie tat.

Tom ließ seinen ganzen Charme spielen. Natürlich war er auf die Situation vorbereitet.

„Hören Sie, meine Freundin erwartet ein Baby. Wir sind auf dem Weg zu meiner zukünftigen

Schwiegermutter, um ihr die freudige Nachricht selber zu überbringen. Können Sie nicht bitte eine Ausnahme machen? Leider ist es Katharina übel geworden. Sie kennen das doch sicher, sie ist gleich da drüben in den Waschräumen." Er zeigte mit dem Finger in Richtung der Toiletten.

Das Mädchen zögerte einen Moment und hielt nach der Supervisorin Ausschau, die noch immer lauthals in ihr Handy plärrte und alle Hände voll zu tun hatte, da das Paar mit dem Baby sich einfach nicht beruhigen wollte und laut auf die Check-in Mitarbeiterin einschimpften. Es war wohl aussichtslos, sich von ihr Hilfe zu erwarten. Tom hatte bereits alles recherchiert, so konnte er der besorgten Auszubildenden einen weiteren Köder hinwerfen.

„Sehen wir uns nicht später beim Boarding noch einmal? Da werden Sie doch sicher vor Ort sein. Sollte etwas nicht stimmen, können wir das bestimmt beim Einsteigen klären, was denken Sie?"

Es war eine kleine Fluglinie mit einer jungen Flotte und wenigen Mitarbeitern. Die Bodencrew, die den Check-in erledigte, war auch für das Boarding zuständig, das wusste er von Lis, die einige Woche am Airport gejobbt hatte.

Schließlich willigte das Mädchen ein, druckte die beiden Boardkarten und die Labels für die Koffer aus und klebte Letztere um die Griffe der Gepäckstücke. Die erste Hürde war somit geschafft.

Dann hieß es warten. Tom hatte jetzt ausreichend Zeit. Er kaufte sich eine Zeitung und einen der herrlichen mit Frischkäse, Lachs und Rucola, belegten Bagels und setzte sich ans Fenster der großen Aussichtsterrasse. Unterdessen wurde sein Flug aufgerufen. Es interessierte ihn nicht. Er würde nicht mitfliegen. Sein Name und der Katharinas stand auf der PNL, der Passanger Name List. Das war das Wichtige. Würde jemand Katharinas Spur verfolgen, würde man sie auf der Passagierliste der Schweizer Fluglinie finden. Alles andere war ihm egal. Vermutlich würden sie seinen Koffer wieder ausladen, vielleicht aber auch nicht. Mit etwas Glück flog Katharinas Koffer nach Zürich und ging dort verloren. Es war ihm egal. Den Schmuck und die

Wertsachen hatte er an sich genommen, der Rest war Ballast, den er loswerden musste. Was er aus seinem Koffer brauchte, konnte er zu Not auch nachkaufen, außerdem hatte er vorgesorgt und alles was er für seinen späteren Weiterflug brauchte in seinem Handgepäck verstaut.

Erneut wurde sein Flug aufgerufen. Er erkannte die Stimme des jungen Mädchens, des Check-in Schalters. Sicher dachte Sie, dass es seiner Freundin noch immer schlecht war. Er musste grinsen. Der letzte Aufruf folgte, dann wurden Sie namentlich ausgerufen. Es gefiel ihm, seinen Namen zu hören, auch wenn er ihn sich nur geliehen hatte.

„Passagiere Dr. Burgstaller und Dr. Römer bitte kommen Sie zum Ausgang A9", sagte das Mädchen ins Mikrofon. Tom blickte unbeteiligt auf die Startbahn und biss herzhaft in seine Bagel.

Eine große Maschine aus Dubai landete, dann startete eine kleine Propellermaschine, Busse kreuzten das Rollfeld. Es war spannend, dem Treiben auf dem Vorfeld zuzusehen.

Erneut erklang die Stimme der jungen Angestellten: „Letzter Aufruf für Passagiere Dr. Burgstaller und Dr. Römer bitte kommen Sie zum Ausgang A9."

Eine ältere Dame, die ihm am Tisch gegenüber saß, schüttelte verächtlich den Kopf. „Meinen die sind was Besseres, weil die Doktoren sind", sagte sie an Tom gerichtet. Dieser schüttelte nur ebenfalls den Kopf und nickte der alten Dame zu. „Wie recht sie haben, Madam."

Dann blickte er wieder hinaus. Zu seinem Unglück musste er beobachten, wie ein Gepäckwagen an die Maschine nach Zürich rollte. Sein Gepäck wurde ausgeladen. Und auch der Koffer von Katharina!

Es dauerte eine gute halbe Stunde, bis das Lost und Found erneut ihre Namen ausrief. Bisher hatte er keine weitere Polizei gesehen. Man hatte Katharina also noch nicht gefunden, er konnte sich Zeit lassen. Im Grunde war er sich sicher, dass sie die Nacht nicht überleben würde. Der Ausstieg aus der fast 3 Meter tiefen Grube war möglich, aber nahezu nicht zu schaffen. Wenn Katharina klug war, hörte sie nicht auf seinen Rat, sich möglichst wenig zu bewegen, sondern schaffte so viele Blätter wie möglich unter ihren Körper, um langsam aber stetig nach oben zu wandern. Das würde jedoch Stunden dauern und ziemlich viel Kraft kosten.

Das Lost und Found im alten Terminal des Flughafens war ein überschaubares, winziges Büro von gerade mal 14qm. Die diensthabende Mitarbeiterin war kaum älter als 23, leicht pummelig und hatte ein rundes, pausbäckiges Gesicht. Tom wusste, dass er bei solchen Mädchen landen konnte. Sie war nicht so unattraktiv, dass sie sich keine Hoffnungen auf einen Flirt machte und nicht zu attraktiv, um eingebildet zu sein. Es war genau seine Zielgruppe. Er hoffte, sie problemlos um den Finger wickeln zu können. Mit den beiden Boardkarten in der Hand schlenderte er, mit einem charmanten Grinsen, zu ihrem Schreibtisch.

„Verzeihung, ich habe meinen Flug verpasst",
sagte Tom und schob dem Mädchen die Abschnitte
über den Tresen.

Diese bat ihn, sich zu setzen, holten ein Formular
aus dem Schreibtisch hinter sich und begann mit
sicherer Hand ein paar Felder anzukreuzen. Dann
schob sie ihm das Formular über den Tisch und
reichte ihm einen Kugelschreiber.

„Das hier müssen Sie bitte ausfüllen", sagte sie
lächelnd, dann ging sie nach nebenan, um seinen
Koffer zu holen. „Leider kann ich Ihnen nur Ihren
Koffer aushändigen. Das andere Gepäckstück muss
Frau Dr. Römer selber abholen."

Erneut versuchte Tom seinen Trick. „Meine
Freundin ist schwanger, sie fühlt sich leider nicht
wohl und hat sich die ganze Zeit übergeben. Sie
wartet im Wagen", sagte er schmeichelnd.

Tatsächlich stieg das Mädchen für einen Moment
auf seine Geschichte ein.

„Das freut mich für Sie. Herzlichen
Glückwunsch!", sagte die junge Frau mit leuchtenden
Augen. Es schien ihr wirklich ernst zu sein. „Ich kenne

das, meine Kleine ist gerade 1 Jahr geworden. Ich bin erst seit Kurzem aus der Mutterschaft zurück. Es ist herrlich. Kinder bereichern das Leben. Und die Übelkeit vergeht", grinste sie zufrieden.

Tom wartete unterdessen, dass sie ihm den zweiten Koffer aushändigte, aber das Mädchen schien keine Anstalten zu machen.

„Und der Koffer?", fragte Tom jetzt hoffnungsvoll. Er wollte nicht riskieren, dass die Mitarbeiterin misstrauisch wurde, wenn Katharinas Koffer nicht am nächsten Tag abgeholt wurde.

„Wie gesagt, den kann Ihre Frau gerne morgen abholen oder nächste Woche, oder wenn es ihr besser geht. Aber ich darf ihn nicht rausgeben. Das tut mir leid. Die sind ja nicht mal gemeinsam getaged", sagte die Frau lächelnd und zeigte ihm die unterschiedlichen Tag-Nummern auf dem Gepäckabschnitt. Das war natürlich auch eine Möglichkeit, das Gepäckstück elegant loszuwerden. Vielleicht hatte ihm das Schicksal ja sogar geholfen. Es würde Wochen, wenn nicht sogar Monate dauern, bis das LoFo den Besitzer des Koffers ermitteln würde.

Bis dahin war Tom längst über alle Berge.

Nachdem er seinen eigenen Koffer wieder hatte, stellte sich die Frage nach der passenden Flucht. Zunächst hatte er an die Cayman Inseln gedacht. Dort hatte er seit Jahren ein illegales Konto mit den Restbeständen aus seiner besten Zeit als Heiratsschwindler. Aber eigentlich reizte ihn ein anderes Ziel viel mehr. Er würde es von der Auswahl an Anschlussflügen abhängig machen, wohin es ihn trieb, aber zunächst musste er untertauchen. An zwei unterschiedlichen Bankautomaten im Terminal zog er den Maximalbetrag an Bargeld mit Katharinas Kreditkarte, sowie der EC Karte. Dann verschwand er unauffällig in den hinteren Bereich der Abflughalle. Hier war gerade kein Betrieb. Der Autovermieter hatte bereits geschlossen, ebenso der Friseur und der kleine Stehimbiss. Die wenigen Schalter der Air Berlin waren unbesetzt. Heute ging von hier kein Flug mehr. Er gab vor, sich für die Aushänge zu interessieren, um nicht aufzufallen, dann schlich er sich immer weiter bis zu den hinteren Toiletten. Dort betrat er die

Herrentoilette und verschwand in einer der Kabinen. Vorsichtig legte er seinen Koffer auf dem geschlossenen Toilettendeckel ab. Zunächst musste er den Anzug ausziehen. Aus Tom dem Businessman musste ein hipper Rucksacktourist werden. Das war gar nicht so einfach. Zunächst schlüpfte Tom in die zerfranste Jeans und die dunklen Stoffturnschuhe. Sie waren ausreichend ausgelatscht. Er hatte sie zum Joggen getragen, wenn er Katharina beobachtet hatte. Jetzt sahen sie richtig zerlumpt aus. Das Hemd und die Krawatte landeten im Koffer, er tauschte sie gegen ein schwarzes T-Shirt mit einem unauffälligen Aufdruck. Bis hierhin war es einfach gewesen. Tom wartete, ob im Vorraum der Herrentoilette etwas zu hören war, aber er war noch immer alleine. Gut so, dachte er bei sich. Dann holte er den Akkurasierer aus dem Koffer und rasierte sich den Drei-Tage-Bart ab. Es war ein ungewohntes Gefühl. Die ganzen letzten Monate hatte er ihn gestutzt und gepflegt. Ihn jetzt zu verlieren fühlte sich seltsam an.

Dann kamen die Haare dran. Tom holte den Haarschneideaufsatz aus dem Koffer. Dann schloss er den großen Rollenkoffer und stellte ihn auf den Boden. Es hatte etwas Entwürdigendes mit gesengtem Haupt über der offenen Toilette zu stehen, aber es ging nicht anders. Mit geübten Handgriffen stutzte er sich die gepflegten Haare am Oberkopf. Die Seiten und den Nacken rasierte er auf weniger als einen Zentimeter und verpasste sich einen gelungenen Undercut. Als er fertig war, überprüfte er penibel den Fußboden, ob er auch sicher keine Haare daneben geworfen hatte. Er wollte nicht riskieren, dass irgendeine Putzfrau auf seine kleine Verwandlung aufmerksam wurde. Mit etwas getöntem Haarschaum in kräftigem Schwarz wurde seine Frisur nicht nur voluminöser, sondern vor allem verwandelte er sich von einem gut situierten Herren mit haselnussbraunem Haar, in einen schwarzhaarigen jungen Mann. Es war sein Glück, dass in den Toiletten im alten Terminal, noch immer die alten Händetrockner mit Gebläse aufgehängt waren. Natürlich hatte er das im Vorfeld ausgiebig recherchiert. Tom hängte seinen Kopf kopfüber unter das Gebläse und bekam dank des Schaumfestigers eine richtige Igelfrisur. Alles schien perfekt zu klappen. Die Wimperntusche aus Katharinas Handtasche streifte er an einem Stück Toilettenpapier sorgfältig ab, dann bürstete er sich damit die Augenbrauen, die sofort kräftiger und dunkler seine Augen umrandeten. Jetzt passten sie zur Haarfarbe und gaben ihm ein leicht südländisches Aussehen.

Der Mann, der wenige Minuten später die Herrentoilette verlies, schien kaum älter als 29 Jahre zu sein, südländischer Typ, legere Kleidung. Kein Vergleich zu dem gut situierten Rechtsanwalt, als der er die Kabine betreten hatte.

In seinem neuen Outfit schlenderte Tom zum Ticketschalter. Er hatte einen neuen Ausweis aus seiner Jackentasche genommen. Den Ausweis von Dr. Burgstaller benötigte er nicht länger, er würde ihn irgendwo entsorgen oder noch besser, auf dem Schwarzmarkt verkaufen. Thomas Kraft, stand jetzt vor dem Tresen des Ticketschalters und fragte nach einer Verbindung nach Hawaii. Es war ein Markenzeichen von ihm, dass er immer als Tom oder

Thomas in Erscheinung trat. Es machte ihm Spaß, eine Fährte zu legen und doch immer wieder abzutauchen. Seine männlichen Opfer mussten alle den Namen Thomas als Ruf- oder Zweitnamen haben. Als Hausmeister, Reinigungskraft oder Umzugshelfer bekam er immer wieder Zugang zu fremden Häusern und Wohnungen. Er verdiente sich als Gärtner in edlen Villen oder als Facility Manager in großen Bürogebäuden, wo es ihm immer wieder gelang, im großen Stil Identitäten zu klauen. So wie im Fall des Dr. Burgstaller. Es war sein Pech, dass er ihm vertraut hatte und ihm den Schlüssel zu seinem Appartement gegeben hatte, um die Umzugsfirma hineinzulassen. Während Dr. Burgstaller bereits in Zürich war, konnte Tom seine Wohnung nutzen und Katharina den wohlhabenden Rechtsanwalt vorspielen. Sollte sie es alleine aus ihrem Blättergrab schaffen, würde die Spur zu einem Dr. Burgstaller führen, der tatsächlich in die Schweiz gegangen war, um dort als Rechtsberater für ein großes Unternehmen tätig zu sein. Allerdings befand dieser sich gerade in den USA auf einer Fortbildung. Es würde einige Zeit dauern, bis man die

Verwechslung aufdecken würde. Tom hielt seinen Plan für perfekt.

Als er jetzt in die großen blauen Augen der üppigen Blondine blickte, die ihm die verschiedenen Flugverbindungen nach Hawaii vorlas, hatte er keinen Zweifel daran, dass seine neue Verkleidung funktionierte. Das Mädchen himmelte ihn geradezu an.

„Du kannst heute noch mit der KLM nach Amsterdam fliegen, dann musst du aber bis morgen früh warten und dann weitere zwei Mal umsteigen", sagte sie jetzt geschäftstüchtig.

Sie hatte ihn geduzt. Ein sehr gutes Zeichen. Niemand hätte Dr. Burgstaller einfach so geduzt. Es gefiel ihm.

„Ok, was hast du sonst noch? Karibik vielleicht?", fragte er lässig an den Tresen gelehnt. Seinem Koffer hatte er mit zwei großen Aufklebern, die er aus dem Internet bestellt hatte, ebenfalls ein neues Outfit verpasst. Sie gaben vor, dass er schon unterschiedliche Surfparadiese besucht hatte.

„Kuba?", fragte das Mädchen hinter dem Schalter jetzt. Ein Direktflug ist es zwar auch nicht, aber du kommst heute noch hier weg. Ganz im Gegensatz zu mir", sie zwinkerte ihm zu, „dein Flug geht um 21:25 Uhr mit der KLM, Weiterflug morgen früh um 02:40 Uhr mit der KLM nach Kuba."

„Das klingt perfekt! Ich nehme zwei Tickets, wenn du mitkommst?"

Das Mädchen kicherte albern, wusste aber, dass er nur einen Scherz machte. Dann druckte sie ihm die Flugunterlagen aus, die Tom bar bezahlte. One way verstand sich.

Kapitel 13 - Vergebung

Es war spät am Abend, als Katharina erwachte. Karl saß an ihrem Bett und hielt ihre Hand. Sie brauchte einen Moment, um sich zu erinnern. Sie war im Krankenhaus. Der freundliche Arzt, dessen Namen sie vergessen hatte, besprach gerade ihre Krankenakte mit einem rundlich aussehenden Herrn mit schütterem Haar.

„Sie kommt zu sich", sagte Karl und blickte besorgt in Kates bleiches Gesicht.

„Da sind sie ja wieder Katharina", lächelte der Herr im weißen Kittel. „Wissen Sie noch, was geschehen ist?" Er wartete kurz, bis Katharina zustimmend die Augen niederschlug, dann sprach er weiter: „Die Herren sind von der Polizei und hätten ein paar Fragen. Denken Sie, Sie schaffen das?", fragte er jetzt.

Kate wollte nicken, ließ es aber sofort bleiben, da es einen stechenden Schmerz in ihrem Kopf verursachte.

„Nicht bewegen!", mahnte Dr. Kleiber sanft. „Sie haben eine leichte Gehirnerschütterung und brauchen viel Ruhe."

Katharina gehorchte gerne. Jeder Bewegung trieb ihr eine glühende Nadel durchs Gehirn. Dr. Kleiber erfasste die Situation und erhöhte die Dosis an Schmerzmitteln, die ihr über einen Perfusor verabreicht wurden. Die Wirkung trat nahezu sofort ein. Katharina fühlte sich etwas besser und blickte den Kommissar aufmunternd an.

„Frau Dr. Römer, ich müsste Ihnen ein paar Fragen stellen", begann Oberkommissar Geiger langsam.

„Fühlen Sie sich dazu in der Lage?"

„Ich versuche es gerne", entgegnete Katharina schwach.

„Was wissen Sie über den Mann, der sie überfallen hat? Können Sie uns sagen, wie Sie in die Grube gekommen sind?"

„Er heißt Tom, wobei, vielleicht ist das gelogen? Ich weiß es nicht Herr Kommissar. Er hat alle meine

Kreditkarten, er kann über das gesamte Vermögen verfügen. Sie müssen ihn stoppen!", flehte Katharina jetzt. Mit einem schüchternen Seitenblick an Karl fügte sie hinzu: „Ich hoffe, du kannst mir verzeihen, ich war so dumm."

Karl nickte nur stumm und küsste zärtlich Katharinas Hand.

„ICH war dumm, mein Schatz, aber lass uns das später besprechen, ja?", sagte er liebevoll. Erst musst du wieder gesund werden.

„Wir haben bereits die Sperrung aller Konten veranlasst, Frau Dr. Römer, machen Sie sich darüber keine Sorgen. Was können Sie uns sonst noch über den Mann sagen, der sie lebendig begraben hat?", fragte jetzt der Oberkommissar.

Katharina brauchte einen Moment, um die Erinnerung aus ihrem Kopf zu verscheuchen. Ja, er hatte sie tatsächlich in die Grube gestoßen und lebendig begraben. Ein Schauer lief ihr über den Rücken, gleichzeitig füllten sich ihre Augen mit Tränen. Die blanke Angst ergriff Besitz von ihr. Offensichtlich hatte man ihr ein Beruhigungsmittel verabreicht. Da sie sich schnell wieder fing. Sie war nur knapp dem Tod entkommen und es war ein Wunder, dass man sie gefunden hatte. Wobei das Letzte, an das sie sich erinnerte, war, dass sie einen Schlag auf den Kopf bekommen hatte. Und dass da ein Auto war, und sie Hilfe holen wollte.

„Er hat eine Waffe, eine Pistole und er fährt ein weißes Auto. Nagelneu, ein Coupé."

„Vermutlich ein Leihwagen", schloss Kommissar Geier messerscharf. An seinen Mitarbeiter gewandt sagte er: „Ruft alle Autovermieter an und fragt nach einem weißen Coupé, das von einem Tom oder Thomas ausgeliehen wurde".

„Hat er Ihnen einen Nachnamen genannt?"

„Er sagte, er sei Rechtsanwalt, wir waren in seiner Kanzlei. Dr. Matthias Burgstaller. Ich habe mich noch über den Namen gewundert, weil er doch Tom hieß. Er sagte, dass sei sein zweiter Vorname", antwortete Katharina schüchtern. Es war ihr unendlich peinlich, vor Karl all die Details schildern zu müssen, vor allem weil ihr bei jedem Wort bewusst wurde, wie unendlich dumm und naiv sie doch gewesen war.

Der Schmerz schoss zurück in Katharinas Kopf. Dr. Kleiber, sah es in ihrem Gesicht.

„Das reicht jetzt, die Patientin braucht Ruhe", beendete er die Befragung.

„Wir sind auch schon fast fertig", sagte der Kommissar. „Wir brauchen nur noch eine kurze Personenbeschreibung, dann sind wir schon weg. Diesmal bekommen wir den Burschen"

Als die Polizei und der Oberarzt gegangen waren, blieben Katharina und Karl alleine zurück im Krankenzimmer. Karl hielt noch immer ihre Hand und blickte ihr fest in die Augen.

„Sag jetzt bitte nichts, Kate. Ich weiß, dass ich ein Idiot war. Ich hasse mich selber dafür, was ich dir in all den Jahren angetan habe und ich weiß auch, dass es dafür keine Entschuldigung gibt. Ich kann nur hoffen, dass er für uns beide einen Neuanfang gibt Katharina. Es mag komisch klingen, aber als ich in Paris war, wollte ich nur eins. So schnell wie möglich zurück zu dir. Ich habe mindestens einhundert Mal angerufen, und als du nicht ans Telefon bist, bin ich fast verrückt geworden vor Sorge. Es war die schrecklichste Zeit meines Lebens und plötzlich ist mir klar geworden, wie viel du mir bedeutest. Ich weiß, ich kann die Zeit nicht zurückdrehen. Ich kann mich nur entschuldigen und hoffen, dass du mir eines Tages vergibst."

Kate drückte nur sanft die Hand ihres Mannes. „Das habe ich schon, wenn auch du mir vergibst", sagte sie schwach, dann schlief sie wieder ein.

Kapitel 14 — Versteckspiel

Es war nicht besonders schwer, sich vor der Polizei zu verstecken, wenn man keine Angst haben musste, entdeckt zu werden. Tom saß oben auf der Balustrade und blickte über die Eingangshalle. Alles war ruhig. Niemand nahm Notiz von ihm, außer der beiden Mitarbeiter der Sicherheitsfirma vor den Warteräumen. Zu dieser Zeit waren in diesem Teil des Terminals keine weiteren Abflüge geplant. Die Männer hatten also Pause. Tom hatte noch keine Lust durch die Sicherheit zu gehen. Sollte sich in der Halle etwas tun, saß er in der Falle. Um den Überblick zu behalten, war es also wichtig, an einem zentralen Ort zu bleiben, der ihm alle Fluchtmöglichkeiten offenließ. Eigentlich hatte er nichts zu befürchten. Hätte sich Katharina befreien können und man würde nach ihm suchen, dann suchten sie einen älteren Herren im Anzug. Ein Typ in Jeans und ausgelatschten Schuhe war erst einmal uninteressant. Abgesehen davon, dass er sich hier schon seit dem frühen Abend herumdrückte. Es war ungewöhnlich, sich vor der Sicherheitsschleuse aufzuhalten, wenn man nicht gerade auf das Boarding wartete. Langsam wurde er unruhig. Sein Flug ging erst in knapp zwei Stunden und war als Business Flug, vor allem für Geschäftsreisende, die kein Gepäck hatten und meist erst 20 Minuten vor dem Abflug eintrafen. Bis dahin saß er also alleine hier oben auf dem Präsentierteller und das behagte ihm gar nicht. Die Geschäftsreisenden saßen unterdessen unten an der Bar oder in den Cafés aber das war ihm zu gefährlich. Er musste den Überblick behalten. In einem Café konnten sie ihn umzingeln, und in der Bar waren zu viele Leute, zu viel Gedränge. Unten in der Halle gingen zwei Polizeibeamte Streife. Sie führten einen Hund an der Leine. Vermutlich suchten sie nach Drogen, dachte er lächelnd. Die Phase hatte er hinter sich. Früher als er jung war, hatte er keine Dummheiten ausgelassen. Er war froh, dass er inzwischen klüger und vernünftiger geworden war.

Die Beamten unten in der Halle bekamen einen Funkspruch. Tom wartete, was passieren würde, aber sie drehten in die andere Richtung ab. Sie wollten nichts von ihm.

Tom musste eingenickt sein. Er hatte den Schirm seiner Cap tief ins Gesicht gezogen, um sich ein bisschen auszuruhen. Jetzt bereute er es, der kleinen Schwäche nachgegeben zu haben. Die beiden Beamten aus der Halle standen vor ihm. Der Hund saß in einiger Entfernung, allerdings nicht weit genug, um ihn nicht sofort zu stellen, sollte er eine falsche Bewegung machen. Der jüngere der beiden Polizisten hatte ihn mit dem Fuß angestupst.

„Ihren Ausweis und die Flugunterlagen bitte!", sagte er bereits zum zweiten Mal.

Für einen Moment überlegte Tom, so zu tun, als würde er die Sprache nicht verstehen, dann fiel ihm ein, dass er den Fehler gemacht hatte als Thomas Kraft aufzutreten, mit einem durch und durch deutschen Pass. Das ersparte ihm viele Probleme bei der Einreise in andere EU-Länder, half aber nichts, wenn die Polizei vor einem stand.

„Ich nehm keine Drogen", versuchte er es und deutete auf den Hund. „Hier, er kann gerne meinen Koffer durchwühlen, ich bin sauber!"

Tom hoffte, das kleine Ablenkungsmanöver klappte, schlug aber vollkommen fehl.

„Geben Sie mir bitte Ihren Ausweis! Und zeigen Sie mir Ihre Flugdokumente", sagte der Beamte jetzt drohend.

Tom musste Zeit gewinnen. Er musste erst die Lage sondieren. Da er geschlafen hatte, wusste er nicht, ob die Beamten bereits Verstärkung angefordert hatten oder ob die Ausgänge bewacht wurden. Hatten sie Katharina gefunden? War er aufgeflogen? Oder waren das hier einfach ein paar kleine Bullen, die aus Langeweile Passanten kontrollierten. Immerhin hatte er geschlafen. Im öffentlichen Bereich. Penner nutzten an kalten Tagen gerne die U-Bahn und S-Bahnhöfe zum Schlafen. Warum nicht schick auf der Wartebank im Flughafen? Noch wusste er nicht, was die Beamten wussten. Um ihn herum war es still und ruhig.

In Zeitlupe kramte Tom seine Reisedokumente aus seiner Hosentasche und reichte sie den Beamten.

„Ich warte auf meinen Flug. Ich bin kein Penner! Hier ist mein Ticket!", versuchte er einen neuen Ansatz um aus der Situation zu entfliehen. Seinen Reispass behilt er einen Moment in der Hand. Es war eine Fälschung. Eine verdammt gute, aber in Händen der Polizei, konnte selbst der beste Pass schnell auffliegen. Es war eine Gefahr. Also behielt er das Dokument in der Hand und spielte auffällig damit, so als hätte er kein Problem, den Ausweis aus der Hand zu geben.

Der Beamte prüfte die Reisedokumente, dann gab er das Ticket stumm an seinen Vorgesetzten weiter.

Und jetzt den Reisepass bitte. Tom konnte die Übergabe nicht weiter hinauszögern, auch wenn er noch nicht wusste, was die Beamten von ihm wussten.

Zunächst schien alles in Ordnung, dann klappte der Polizist den Pass wieder zusammen und reichte ihn an einen dunkel gekleideten Herren, der plötzlich hinter ihm stand.

„Herr Kraft, Sie kennen nicht zufällig einen Dr. Burgstaller?"

Epilog

Nach nur 3 Tagen konnte Katharina aus dem Krankenhaus entlassen werden. Der Verband an ihrem Kopf war abgenommen. Die Stelle mit der Platzwunde wurde noch immer von einem Klammerpflaster geschützt. Katharina war zwar noch schwach, aber Oberarzt Dr. Kleiber hatte keine Bedenken gehabt, sie nach Hause zu lassen, wenn sie versprach, sich zu schonen und nicht gleich wieder einen Marathon zu laufen.

Karl, der jeden Tag an ihrem Bett gesessen hatte und sie täglich mit neuen Blumen verwöhnte, kam sie voller Freude abholen. Auch Katharina freute sich auf zuhause. Die letzten Tage mit Karl waren sehr intensiv gewesen. Sie hatten sich ausgesprochen und wussten beide, dass es für einen Neuanfang noch nicht zu spät war. Karl hatte eine große Tasche mitgebracht, um Katharinas Sachen einzupacken, man konnte ihm ansehen, wie froh er war, seine Frau wieder mit nach Hause nehmen zu dürfen.

Im Krankenhaus konnte es Katharina deshalb nicht schnell genug gehen alles in der Reisetasche zu verstauen. Sie hatte ohnehin nicht viel. Ihre verdreckte Kleidung, die sie am Tag des Überfalls getragen hatte, hatte man Karl bereits vor Tagen mitgegeben. Er hatte alles in die Reinigung bringen lassen um sicherzugehen, dass kein einziges Blatt aus der grauenvollen Grube im Haus landete.

Es war im ersten Moment seltsam, alleine mit Karl im Auto zu sein. Er hatte den Wagen offensichtlich auf Hochglanz reinigen lassen. Selbst die Lederpolster rochen nach frischen Politur. Offensichtlich war Karl bemüht alle Spuren von Gabby aus seinem Leben zu beseitigen. Angefangen von ihrem billigen Parfum, das vermutlich in allen Ritzen gehangen war, bis hin zu verlorenen Ohrringen. Der Wagen strahlte und roch wie neu. Katharina war Karl sehr dankbar für diese Diskretion. Leere Getränkedosen auf dem Boden oder Lippenstift auf dem Gurt waren jetzt wirklich das Letzte, was sie gebrauchen konnte. Vielleicht hatte er sich auch wirklich geändert, überlegte Katharina. So wie früher, als Karl der Wert eines Wagens durchaus bewusst war und er ihn pflegte und nicht verkommen ließ, als könnte er sich täglich einen neuen kaufen, wenn der Aschenbecher voll war.

Sie fuhren eine Weile schweigend. Musik drang aus den Lautsprechern. Sie hörten den regionalen Radiosender. Keine Klassik. Nie wieder klassische Musik im Auto, dachte Kate! Sie würde es nicht ertragen. Alleine der Gedanke daran schnürte ihr die Kehle zu.

„Geht es dir gut?", fragte Karl, nach dem sie eine Weile gefahren waren. „Bekommt dir die Autofahrt? Dir ist doch hoffentlich nicht schwindlich?"

„Alles ok", Kate rang sich ein Lächeln ab. „Nur noch etwas kraftlos. Es war wohl alle etwas viel die letzten Tage!", ergänzte sie leise.

Im Haus erwartete Katharina eine große Überraschung. Karl hatte das Haus umgeräumt. Anstelle des Küchentresens mit den Barhockern stand jetzt ein großer Esszimmertisch, wie Katharina ihn sich immer gewünscht hatte. Sie fand die Barhocker unbequem und nebeneinanderzusitzen, wie in einem amerikanischen Diner war auch nicht ihr Ding. Karl war der Meinung gewesen, dass ein Tisch Platzverschwendung sei, da er eh meist auswärts aß und sie die wenigen gemeinsamen Mahlzeiten auch am Wohnzimmertisch einnehmen konnten.

Jetzt hatte er einen großen Tisch gekauft, an dem bequem sechs Personen Platz fanden. Der Tisch schloss direkt an den jetzt niedriger gelegten Tresen an, sodass dieser keine Barriere zu den Gästen bildete, während man in der Küche kochte. Karl musste dafür extra einen Schreiner beauftragt haben. Auf dem Tisch stand eine kugelförmige, ebenfalls neue Vase mit herrlichen Gerbera in fröhlichen Farben. Kate war wirklich überrascht. Normalerweise interessierte Karl sich nicht für die Einrichtung und schon gar nicht für Dekoration und Blumen. Dass er sich jetzt so viele Gedanken gemacht hatte, zeigte, dass er wirklich eine Veränderung wollte und dass er wirklich an ihrer Beziehung arbeiten würde. Das war wirklich eine gelungene Überraschung.

Aber auch das Wohnzimmer hatte sich verändert. Karl hatte das große Sofa gedreht, es erstreckte sich jetzt über die Wand- und Fensterseite und gab den Blick in den Raum frei. Es gefiel Kate sehr gut. Sie hatte keine Ahnung, ob Karl inzwischen gehört hatte, was sich mit Tom auf dem Barhocker und dem Fußboden abgespielt hatte, aber er hatte zielsicher die Erinnerungen daran ausgelöscht. Der alte Flokati vor dem Kamin war einen hochflorigen Teppich in einem dunklen Rotton gewichen und gab dem, ehemals in kühlem weiß gehaltenem Raum, eine warme und behagliche Ausstrahlung. Statt des Feuers standen große Stumpenkerzen im Kamin. Es war draußen noch zu warm, um das Holz anzustecken, aber Karl hatte sich alle Mühe gegeben, ihr Haus in ein gemütliches Zuhause zu verwandeln.

Die größte Veränderung fand sich jedoch im Schlafzimmer. Karl war wieder in das gemeinsame Ehebett eingezogen.

Ende

Danksagung

Ich danke meinem Ehemann Stefan, der mir, wie immer, mit Rat und Tat zur Seite stand. Du bist mein Lektor und Testleser und der Fels in meiner Brandung. Love you to the moon and back!

Ein herzlicher Dank geht auch meine Betatest-Leserin Barbara Baindl, die als zweite Lektorin sehr gute Arbeit geleistet hat. Danke für dein Adlerauge und den spitzen Bleistift.

Ebenso danke ich Thomas Großer, für seine Beratung in germanistischen und juristischen Fragen.

Danke auch an Dr. Julia Walther, die mich in medizinischen Fragen kompetent beraten hat.

Ich danke allen Freunden, Bekannten und Verwandten, die meine Bücher nicht nur lesen, sondern mich auch auf Facebook und anderen Portalen durch ihre Daumen und Links sichtbar machen.

Danke auch allen meinen Lesern, die langsam zu einer kleinen Fangemeinde anwachsen.

Ich freue mich über dein Feedback auf Instagram und Facebook. Autorenseite: www.katja-graf.de

Wasser, Wind und Weite

Roman

„Papa, ich bin so weit gefahren, bis da kein Land mehr war und es fühlte sich noch immer nicht weit genug an."
Lenas Welt gerät aus den Fugen, als sie entdeckt, dass Robert sie die ganze Zeit nur belogen hat. Sie flieht vor ihrem alten Leben auf eine kleine ostfriesische Insel und lernt Dierk kennen, einen Mann, der irgendwie immer für alles eine Lösung hat, und Lenas Welt droht schon wieder kopfzustehen. Soll sie wirklich alles stehen und liegen lassen und München für immer den Rücken kehren?
Ein Roman über die Wandlungen im Leben und die Veränderungen, die es manchmal braucht, um etwas Neues zu beginnen.

- Taschenbuch: 180 Seiten
- Sprache: Deutsch
- ISBN-10: 3739204079 · ISBN-13: 978-3739204079

Autogenes Training

leicht gemacht

Inkl. Gutschein für Übungs-CD

Das Autogene Training ist ein leicht zu erlernendes
Entspannungsverfahren.
Nach einiger Übung sollte es Ihnen möglich sein, das
Autogene Training immer und überall durchzuführen. Egal
ob Sie in der U-Bahn, im Bus, im Büro oder im Flugzeug
sitzen, eine kleine Entspannungsrunde kann überall eingelegt
werden. Ab sofort nutzen Sie Wartezeiten in Arztpraxen, an
der Supermarktkasse oder auf langen Reisen sinnvoll, indem
Sie sich und ihrem Körper eine kleine Auszeit gönnen.

ISBN   978-3-8391-1558-9